체 게바라 치킨 집

체
게바라
치킨 집

시인수첩 시인선 015

임경묵 시집

⚬⚬ 문학수첩

골목 저편엔

언제나

저녁의 살점을 파먹는

낯익은 고음들……


나는 이 골목에 소속되어 있다.


임경묵

|차례|

# 2부

# 3부

# 4부

1부

# 제노비스 신드롬*

비닐봉지가 툭 터지자
붉은 방울토마토가 한꺼번에 쏟아져
지하 계단으로 굴러갑니다

엄마,
나도 추락하고 싶은데
우린 왜 맨날 반지하에 살아요

너도 낯가림이 심하구나

누군가 발로 뻥 찬
최저생계비처럼 찌그러진 콜라 캔 하나가
사납게 짖으며
지하 계단으로 달려옵니다

* 방관자 효과.

# 골목의 감정

바바리맨이 올 시간이다

입구에서부터 알은체를 했는데
골목이 딴전을 피운다
바람이 저글링 하던 검은 비닐봉지가 골목의 오후를
툭툭 치고 돌아다닌다
민달팽이가 사철나무 울타리 그늘에 꼼짝없이 붙들려
있다

허기진 저녁에 풍덩 발을 담그면
서너 집 건너 악다구니로 싸우는 소리, 집어던진 세간
들 쨍 쨍 탁 부딪히는 소리, 흐느껴 울다가 까르르 웃는
소리, 한껏 볼륨을 높이고 달려오는 라디오 소리
그리고,
빈집에 삼삼오오 모여 골목의 안색을 살피며
본드를 불던 아이들

재개발지구 지정 안내판이 들어서자

집들은 하나둘 떠나갔다
골목도 이제 남은 골목을 거의 다 써 버린 듯하다
중학교 때
여기 사는 게 부끄러워
친구들에게 골목에 대해 부풀려 말한 적이 있다


일기예보에 한때 우박이 내린다고 했는데
섬모 같은 빗줄기가 비칠거린다
검은 비닐봉지가 맨홀 뚜껑에 납작 엎드려 있다
철거 딱지가 붙은 판잣집이, 거웃만 가린 담장이, 무당
집 붉은 깃발이 젖는다
나팔꽃이 담장을 넘다가 들킨 자리에
우두커니 서서 젖는다


저녁이 골목을 내려간다
비 맞은 검은 비닐봉지와 사철나무와 민달팽이와 판잣
집과 무당집 붉은 깃발과 나팔꽃과 바바리맨을 데리고
부스럼투성이 잡귀가 되어

뿌연 어둠을 일으키며 내려간다

나는 아직 이 골목에 소속되어 있다

# 봄 1

개나리 꺾어 부추밭 가장자리에 심었습니다

밭귀에 돌아 앉아

지난겨울의 검불을 태우는데

눈이 매워

봄이 자꾸 접힙니다

# 양떼구름이 몰려온다

먼 하늘이 뽀글뽀글하다
좁은 골목으로 양떼구름이 몰려온다
따뜻한 두부가 나올 시간
누이는 비릿한 콩물이 엉겨 두부가 되는 순간을
양들의 울음바다라고 부른 적 있다
몽글몽글한 울음 속에서
희고 말랑말랑한 양들이 태어난다고

가출한 누이를 찾아
역전 지하상가를 헤매다가
두부 한 모 사서 집으로 돌아가는 길

양떼구름이,
마지막으로 누이를 보았다는 역전 광장 분수대를 지나
미로 같은 지하상가를 돌아
두부 가게로 몰려온다
누이의 뽀글 파마머리는
양떼구름을 닮았으므로

누이는 아직 양떼구름을 벗어나지 못했을 거다

어머니 드릴 말씀이 있어요
어머니는 한 번이라도
두부찌개를 두부의 울음바다라고 부른 적 있어요

그만 밥 먹자
그렇게 울기만 하면
양들이 모두 달아난단다

네, 어머니
그만 밥 먹을게요
내일도, 내일의 양떼구름이 흘러야 하니까요

# 육식의 습관

청명(清明) 지난 무논에 안개가 짙어진다
안개는 무논을 박차고
홰를 치며 금방이라도 날아오를 기센데
죽은 족제비 한 마리가 무논을 천천히 부풀리고 있다
그러니까 이것은
오랜 육식의 습관을 버리겠다는
일종의 침례(浸禮)

어엿하게 자란 족제비 영혼은
무논을 가볍게 빠져나와
다시 물안개나 천둥의 질료가 될 테지만
긴 도랑을 물 첨벙 가로질러 건너편 숲으로 달아나도
좋으리라

족제비는
꼬리에 힘을 완전히 빼고
뾰족한 주둥이를 물속에 처박은 채
무논을 떠돌며

이제부터 초식의 시간을 가질 모양이다

무논은
물꼬를 최대한 오므리고
꼬리부터 천천히 족제비를 녹여 먹을 모양이다
곡우(穀雨) 무렵까지
육식의 습관을 지닐 모양이다

# 21세기 노래방

21세기에 너무 늦게 도착하고 말았네
노래방 여주인의 영업용 냉장고엔 캔맥주가 벌써 바닥
났는데
21세기에 태어난 여주인의 아이들은
카운터 뒤편 쪽방에서
우유에 탄 초코볼 시리얼을 먹고 있는데
막차가 끊긴 미산동 가구단지
다국적 노동자들이
21세기로,
21세기로 몰려오고 있었네
노래방 꽃무늬 벽지에 손바닥을 빨판처럼 붙이고 서서
변성기 아이 같은 목소리로

아무도 찾지 않는 바람부는 언덕-에 이름 모를 잡초
야 이것저것아무것도 없는 잡초라네

21세기는 토요일 밤마다
방글라데시는 방글라데시끼리

스리랑카는 스리랑카끼리
캄보디아는 캄보디아끼리
필리핀은 필리핀끼리
탬버린을 흔들며
할로겐 램프 필라멘트가 끊어져라 막춤을 추고 있었네
21세기에 태어난 여주인의 아이들은
노래방 칸칸에 설치된 CCTV 화면을 보다가
깜박 잠이 들고
21세기가 만원이라
당분간 나는 21세기에 들어갈 수 없었네
21세기로 내려가는 주름진 지하 계단도
달빛에 서성이고 있었네

# 체 게바라 치킨 집

신장개업 치킨 집 화장실 문짝에
체 게바라 사진 한 장
오줌보를 움켜잡고 화장실 앞에서 발 동동거리던 사
내가
더는 못 참겠다며
시식용 닭 날개 튀김을 체 게바라에게 던진다

나와,
빨리 안 나와

이때 모가지 잘린 닭들은 파삭 튀겨지고 전기 오븐은
빙글빙글 돌아간다

이봐, 체 게바라, 뼈 없는 닭 날개는 없어?

쿠바 쿠바 쿠바쿠바

참을 만치 참았는데도 오줌이 마렵다면

체 게바라를 생각하자
그래도 참기 힘들다면
베레모를 살짝 눌러쓴 체 게바라를 노크하자
선 채로 다리를 꼬고
한쪽 다리를 들었다 놓았다 하면서

쿠바 쿠바 쿠바쿠바

좁은 골목으로 진입한 진눈깨비가
치킨 집 창문을 두드리자
동면하던 물뱀들이 밀린 주문처럼 쏟아져 나온다
빨간 스쿠터에 배달통을 싣고
삼엄한 경계의 택지개발지구를 가로질러
해안가 신도시로 잠입 중인
체 게바라

쿠바를 한 번도 사랑한 적 없지만
배달은 24시간 지속할 것

한밤중 해안까지 달려가
긴 목을 축이고 돌아오는 아스팔트의 어깨가 진눈깨비
에 흠뻑 젖어 있다

이봐요, 체 게바라
당신은 더 우울할 필요가 있어요

쿠바 쿠바 쿠바쿠바

# 개그콘서트


엄마, 지루하지도 않아
소파 좀 바꿔

설거지를 끝낸 엄마가 소파 밑에 쥐덫을 설치했다

여보,
멸치 대가리를 덫에 넣어 두는 걸 잊지 말라고

온 가족이 어깨를 좁히고 소파에 앉자
쿠션의 소재가 다 드러난 낡은 소파가
잠깐 출렁이다가
이내 푹 꺼졌다

자자,
지금부터는 낡은 소파 따위는 잠시 잊고
다 같이 개그콘서트에 빠져 봅시다

덫에 걸린 생쥐가

뾰족한 입술에 피를 묻히고
어둠을 오려 낼 듯한 눈으로 개그콘서트를 보고 있다
생활의 잔해가 쌓인 마루 밑은
생쥐를 키우고
덫은,
생쥐가 가장 안전하게 개그콘서트를 볼 수 있는 곳

어제 개그콘서트 재방송 때
소파 밑에 정지화면처럼 서 있던 놈일 거야

아빠는 축 늘어진 생쥐를 꺼내 텃밭에 던지며
수염을 씰룩였다

다 소용없는 짓이야
에미 쥐를 잡아야지

여보,
멸치 대가리에 들기름 바르는 걸 잊지 말라고

개그콘서트가 아직 끝나지 않았어

쥐꼬리를 만진 손으로 아빠가 자꾸 내 머리를 쓰다듬었다

# 벼룩의 노래

죽음의 냄새 짙게 밴 너에게서 나와야겠다

치사량의 속도와 부딪쳐
자귀나무 가로수 아래로 튕겨 나간 잿빛 고양이여
비루한 나의 숙주,
나는 이제 무일푼 무국적자가 되어
구름의 이동 속도로
바람의 이동 속도로
차마 너를,
떠나야겠다

중력을 잃은 불규칙한 도약으로
발정 난 수캐에 들러붙어
새벽 첫닭이 울기 전에
육간대청을 짓고
창궐하리라

여전하구나,

아무 때나 자귀나무 그늘을 흔드는 바람의 풍습이여
추깃물에 흠뻑 취한 자귀나무가
곧
붉고
무른
자귀꽃을 피우겠다

# 장미(藏米) 공연장*

흠흠, 미안합니다만
공연장에서 더는 장미를 거래할 수 없습니다

장미, 장미의 계절이 돌아왔는데
옛 일본18은행 군산지점 뒤편 조선미곡창고주식회사
에는
어제 죽은 장미들이
항우울제 알약처럼 쌓여 있습니다

잘 들어 봐,
곧 지루한 공연이 시작될 거야

오늘은 셋째 주 일요일, 공연이 없는 날입니다

장미?
아무렴 장미가 당신 입술보다 붉겠어?
자, 자,
장미—, 장미—, 하고 예쁘게 발음해 봐

서둘러 사진 한 장 찍고
외래종 새들을 만나러 철새도래지로 떠나는
붉은, 붉은 입술들

흠흠, 부탁입니다만
장미를 들고 더는 공연장에 오지 마세요

• 1930년대 조선미곡창고주식회사에서 수탈한 쌀을 보관했던 창고로 현재는
  다목적 공연장으로 활용.

# 골목에 사는 여자

저녁놀이 그녀의 치마 속으로 파드닥 몸을 숨긴다
치마 속이 어지러워
첫 번째 골목이 기침을 한다
골목의 목덜미가 붉어진다
치맛단이 해진 물미역처럼 팔랑거린다
혓바닥을 길게 빼물고 누워 있던 두 번째 골목이
부스스 일어난다
발자국에 질척대던 세 번째 골목도
순순히 벌어진다
목 좁은 네 번째 골목이
음식물 쓰레기 수거함을 뒤지는 그녀 어깨와 함부로
충돌한다
치마 속에서
울컥 저녁놀이 쏟아진다
그녀는 오물이 묻은 풋밤을 연신 물어뜯어
껍데기를 퉤퉤 뱉는다
살갗 벗겨진 뜨거운 풋밤이
그녀의 헐거운 입속으로 사라진다

월요일은 첫 번째 골목에서
화요일은 두 번째 골목에서
수요일은 세 번째 골목에서
목요일은 네 번째 골목에서 그녀는 수초처럼 잠든다

금요일은 첫 번째 골목이
토요일은 두 번째 골목이
일요일은 세 번째 골목과 네 번째 골목이
잠든 그녀를 물어뜯는다

# 기타 노동자*

아빠는 기타리스트가 아니란다
기타리스트가 아니라서 바리케이드로 막힌 공장 철문
앞, 무성한 닭의장풀 속을 서성이는 젖은 두 발이 되었
단다

기타가 없으면 노동도 없고
노동이 없으면 음악도 없지

엄마, 그깟 다 닳은 비누를 양파망에 담아 뭐하게

그새 많이 컸구나

아빠의 푸른 작업복을 빨아야 한단다
지금은 비누 조각을 똘똘 뭉쳐 아빠의 푸른 작업복에
새하얀 거품을 조율할 시간

음악이 없으면 노동도 없고
노동이 없으면 기타도 없지

아빠가 기타리스트가 아니면 난 뭐야

그새 많이 컸구나

너도 같이 돌자 동네 한 바퀴, 동네 두 바퀴……
기타리스트가 아니라서 아빠는 지금  외발자전거처럼
쓸쓸하단다 푸른 작업복이 마를 때까지 너도 같이 돌자
동네 세 바퀴, 동네 네 바퀴……

아빠, 늘어진 기타 줄이 자꾸 발에 걸려요

그새 많이 컸구나

* 콜트콜텍에서 기타를 만들던 노동자 127명은 2007년 정리해고된 후, 아직까
지 기타를 만들지 못하고 있다.

# 게임 중독자

아뇨, 방금 왔어요

내 듀얼 모니터를 아까부터 훔쳐보고 있었잖니
도무지 일에 집중할 수가 없구나
어서 가거라
나는 더 용감해지기 위해
고독이 필요하단다

아빠,
한 달째 집에 안 들어왔잖아요
할아버지가 아파요

부조리와 불신으로 가득한 이 세계를
이 두 손으로 구하고 싶구나
오오,
내게 날아오를 수 있는 날개만 있다면

할아버지가 아파요

할아버지 연금으로 우리가 살아가고 있다는 거
아빠도 알잖아요

먼저 가거라
나에게는 아직 열두 개의 아이템이 남아 있단다

할아버지가 아파요
빨리 병원으로 옮겨야 우리가 살 수 있어요

아아,
창백해진 이 세계가
픽셀 속으로 사라지려고 하는구나

먼저 가거라

# 사워크림 초코쿠키

레시피를 보면 두려움이 어떻게 확장되는지 알 수 있
어요
아저씨 온다는 문자 받고
코코아 파우더에 바닐라 향을 더 넣었어요
알비노처럼 흰 설탕과 소금을 뿌리고
휘핑, 휘핑,
다음은 달걀을 넣고……

내 정신 좀 봐
사워크림이 어디 있더라
아, 여기 있네
이제 냉장고에 넣고
이십 분간 숙성시키면 반죽 준비는 끝

숙성과 성숙은 늘 헷갈려요
이제 두근두근 몇 방울을 넣고 적당한 크기로 반죽을
떠서
패닝, 패닝,

마지막으로 오븐에 구우면
핏빛 초콜릿 칩이 촘촘히 박힌 사워크림 초코쿠키가
완성되죠
한 입 드실래요

어제는 봄비가 와서
일곱 가지 감정을 동시에 가졌어요
오늘은 웃음이 늘지 않아
할 수 없이 명랑해지기로 했어요

트랜스포머를 좋아하세요
어제 만난 아저씨는 밤새 나에게 트랜스포머처럼 변형
되는 레시피를 요구했어요

황사도 사라졌는데 마스크는 왜 썼어요
형식을 좋아하세요
내 입을 틀어막는 아저씨 체크무늬 손수건에서, 내 목

을 조르는 아저씨 흰 손가락에서
클로로포름 냄새가 나요

난 여중생인데 자꾸 나를 베이비라고 부르는 아저씨
죽음도 하나의 형식인가요
혹시,
사워크림 초코쿠키를 싫어하세요

아. 저. 씨. 친. 절. 한. 분. 맞. 잖. 아. 요.

2부

# 누룩뱀과 사귀다

첫 번째 사랑을 잃고
오뉴월 금강, 뜨거운 백사장을 맨발로 걸었네
누룩뱀 한 마리가
쥐눈이콩만 한 눈망울로 연애를 걸어왔네
얼마나 간절했는지
혓바닥이 쩍 갈라져 있었네
그의 어디까지가 목인지
어디를 어깨라 불러야 할지
어디부터가 꼬리인지
당분간 생각하지 않기로 했네
그는 허공을 말아 쥔 똬리를 풀어
은빛 가슴을 보여 주었네
지독한 누룩 내에 코끝이 찡했네
가슴과 꼬리가 까맣게 타들어 가는 줄도 모르고
온 발가락에 힘을 주어
뜨거운 백사장에 초서체의 연서를 써 주었네

나는 왜 그처럼 온 발가락에 힘을 주어, 사랑하는 이

에 누룩 내 나는 연서 한 장 쓰지 못했던 것일까

하도 외롭고 쓸쓸하여
오늘만은 무릎 꿇고
비늘 속 구석구석 숨어 있는
누룩 내 나는 그의 사족을 다 씻겨 주고 싶은데
그와 함께 저문 강을 건너
무너진 토성(土城)의 슬하에 머릴 박고
비릿한 초록의 체액을 실컷 핥아 보고 싶은데
그는 연지(蓮池)*에 빠진 떡갈나무 그늘을 달래 주러
홀로 강을 건넌다 하네
어깨를 부딪치는 거친 물살 따윈
잠시 잊기로 했다는 듯
쇠못처럼 꼿꼿하게 대가리를 쳐들고
간드러지게 꼬리를 흔들며
푸른 강을 저만치 건넌다 하네

나는 왜 대가리를 꼿꼿하게 쳐들고, 사랑하는 이에 간

드러지게 꼬리 한 번 흔들지 못했던 것일까

두 번째 사랑이 방금 떠나갔네

* 공주 공산성(公山城)에 있는 백제 시대 연못.

# 염소가스 누출 사건

누가 염소의 뿔을 바로잡아야 하지 않을까
뿔을 바로잡는다는 건
잃어버린 염소를 찾아 여름 강둑을 헤매던 할머니를
위한
마지막 예의
할머니가 더는 홀로
저물녘을 되새김하지 않게,
한 가지 발음만 고집하다가 달아난 염소의 배관에
더는 문제가 생기지 않게,

자정이 되도록 할머니는 돌아오지 않았다
아파트 창문마다
초록의 장식을 더 늘려야 하나

현관문을 활짝 열고
조율이시 홍동백서 좌포우혜는 제대로 지켰는지
메와 갱은 따뜻한지
살피는 아버지

부웅- 부웅-
창틈에서 바람이 운다
촛불이 염소의 뿔처럼 휜다
누가 저 촛불을 바로잡아야 하지 않을까

늙은 염소의 목줄을 붙잡고
할머니가 들어오신다
염소도 자루 같은 젖을 덜렁이며 창틈으로 들어온다
할머니와 염소는
초록 우북한 여름 강둑에 앉아
서로의 울음을 울어 주다 왔을 것이다

아버지, 이제 초록의 향을 피우세요

비로소 뉘엿뉘엿
자리에 앉으시는 할머니
염소도 귓속말 같은 방귀를 부웅- 부웅- 뀌면서

할머니 곁에 앉는다

# 빈집

개 도둑놈 보아라

훔쳐간 개 훌륭히 잘 키워서 물려 뒈지기 싫으면

제자리 갖다 놔라

개집이 놀고 있다


개 주인 白.

# 회칼과 파리

한 달 모은 파지를 팔러 간 고물상에서
피 칠갑을 한 것처럼 녹슨 회칼 한 자루를 보았다
한때,
활어(活魚) 목덜미 깊숙이
밑줄을 긋고
내장을 발라내고
뜨거운 살점을 꽃잎처럼 넘겼으리라

쇠파리 한 마리가
너덜너덜한 날개를 활짝 펴고
회칼 위에 서 있다
남아 있을 비린 맛 한 점이라도 읽겠다는 것일까
혓바닥이 쩍 갈라지는 줄도 모르고
직벽(直壁)의 칼날을
뜨겁게 핥는다

# 단풍 구경 가는 길

수분과 물렁뼈가 다 빠져나갔나
괭이얼룩무늬 고양이
차에 갈린 뒷다리는 새털처럼 가벼워 보여

거죽이 반쯤 벗겨진 두개골이
이차선 도로 중앙선에 턱을 괴고
단풍 숲으로 몰려가는 바람을 묵독하는 오후

관광버스 열두 대는
비상등을 깜박이며 커브길을 내려가고

노란 자전거 두 대는
엉덩이를 반짝 쳐들고 낙석지대를 통과하네

내장산 단풍 구경 가는 길

# 월드시네마 오락실

베이지색 모자를 살짝 눌러쓴 요구르트 아줌마가
월드시네마 오락실에서 테트리스를 해요
어젠 순발력이 쪼끔 부족했다며
눈높이를 모니터와 일직선으로 맞추고
의자는 약간 높다 싶게
왼손으로는 방향키를 단단히 쥐고
팔다 남은 요구르트도
한 병 쭈욱,

지금은,
갓 구운 바삭바삭한 벽돌들이 내려올 시간
예쁜 벽돌집 한 채 마련하기 위해
한 장 한 장 벽돌을 쌓을 시간
온몸으로 벽돌이 놓일 방향을 지시할 시간

어머, 버튼을 너무 빨리 눌렀나 봐

속도를 놓치고 전속력으로 추락하는 빨주노초파남보

벽돌들
　한 줄을 쌓으면
　한 줄이 와르르 무너져요
　엎치고, 덮치고
　덮치고, 엎치고
　순식간에 세워진 구멍 숭숭한 벽돌담 하나
　팔다 남은 요구르트도
　한 병 쭈욱,

　조조 영화 시작 5분 전,
　베이지색 모자를 살짝 눌러쓴 요구르트 아줌마가
　발등을 찍던 벽돌들을 요구르트 가방에 담아
　서둘러 오락실을 나서요
　가방이 기우뚱하자
　빈 요구르트병이 와자지껄 쏟아집니다
　팔다 남은 요구르트도
　한 병 쭈욱,

# 옛 염전 소금 창고

포리(浦里) 옛 염전 소금 창고가
얼마 전 간판 사업에 손을 댔다
간밤에 무담보 싼 이자 긴급자금대출 간판을
허물어진 입구에 앉히더니
아파트형 공장도 파격으로 분양한다고
지붕 위 플래카드가
아침부터 허리를 배배 꼰다

키 재기 하듯
소금 창고 바람벽을 바락바락 오르는

폭탄세일
신속배달
파산신청
가요주점
당일급전

소금 창고는

썩은 기둥을 파고드는 녹슨 못대가리도
제 살로 보태 놓고
말라붙은 염전에 붉은 함초를 키운다
구름 속 달빛을 끌어들여
오래전 바다에서 올라와 무너진
밀물의 흔적을 어루만진다

그 환한 달빛에 놀라
숭어처럼 뛰어오르는 소금 유충들

# 티크, 티크를 위해

미얀마 북부 열대림에는
칠백 킬로그램이 넘는 티크 원목을 끌고 열대림을 빠
져나가는 코끼리들이 있다
조련사는
티크와 코끼리를 쇠사슬로 연결하고
코끼리의 커다란 귀 뒤쪽을 발로 차서 걸음을 재촉한다

열대림의 훼손을 막기 위해,
값비싼 가구,
크루즈 선박 갑판,
고급 바닥재,
공원 벤치를 위해,
벌목한 티크의 환경친화적 이동을 위해,
티크와 연결된 쇠사슬이
살갖을 파고들어
피고름이 줄줄 흐르는 줄도 모르고
미얀마 목재청(木材廳) 소속 삼천 마리 코끼리들이
충혈된 두 눈을 슴벅이며

자동차도, 기차도, 비행기도 들어오지 못하는 열대림
을 빠져나가고 있다

　물속에서도 썩지 않고
　총알로도 뚫지 못하는
　티크,
　티크를 위해,

# 내원암 도둑게

위도(蝟島) 내원암 가는 언덕길에 서서
망보듯 팔짱 끼고 흘깃 보다가
다가서면 씨익 웃으며
길섶으로
산허리로
후다닥 내빼던 놈,
논두렁에 구멍을 파다가 나왔나
무르팍이며 콧등에 지저분하게 진흙을 묻힌 놈,
암자 입구에 들어서자
집게발에 지푸라기를 잔뜩 거머쥐고
식은 밥 한 덩이라도 내놓으라며
떠억 버티고
으름장을 놓던 놈,
호박꽃 모가지를 만지작거리다가 뜨끔했는지
휙 돌아 주위를 살피던 놈,
덤빌 테면 다 나와 덤벼 보라며
삐뚜름하게 서서
고시랑고시랑 거품을 물던 놈,

물증도 없으면서
도둑게가 뭐냐고
대낮에도 우물가 배롱나무 그늘에 기대어
울기도 참 많이 울었다는데
오늘 성질 더러운 놈한테 잘못 걸렸다며
공양 간을 막고 서서
배롱 꽃물 든 집게발을 연방 철컥거리던
고놈,

수국 활짝 핀 내원암에는
집게발에 잘린 여름 햇살이 해종일 아우성이다

# 백제손해사정사무소

공주의료원 건너편 백제손해사정사무소는 각종 사고
의 손해액을 사정하고 수수료를 받는다
그러나 이것은 간판에 표시된 차림표일 뿐
실제 여기서 하는 일은
백제인의 손해를 사정하고
평가액을 계산해서
보상받는 방법을 알려 주는 거다
고객은 대개
공주, 부여 사람이다

지금부터 1300여 년 전, 당나라가 신라를 부추겨 백
제에 전쟁을 걸어왔다
백제는 이 전쟁에 크게 져서
그 후 역사의 무대에서 사라졌고……
지금껏 백제에 대한 뒤처리와 보상이 지지부진했는데
다행히 백제손해사정사무소가
옛 도읍 주작대로 한편에 터를 잡고 유민을 상대로 손
해 상담을 해 주기로 한 거다

가끔 부업으로

  새로 생긴 우금치 터널 교통사고 상담을 해 주기도 하
는데

  따지고 보면 이것도

  백제의 손해를 사정해 주는 일

  항상 백제인의 마음으로 일하는

  백제손해사정사무소는

  일요일과 국경일을 빼고 항상 문이 열려 있다

# 질경이의 꿈

질경이도 꽃을 피우느냐고요, 바람이 구름을 딛고 하루에도 수천 번씩 오르락내리락하는 소백산 능선길에 꽃 안 피우고 살아남는 게 어디 있나요 노루오줌풀도 찰랑찰랑 지린 꽃을 피우고 복주머니난도 달랑달랑 자줏빛 염낭을 흔드는데요 사실 말이지 그렇게 서두를 필요는 없거든요 뿌리까지 헹궈 주는 바람을 끼고 밟힐 때마다 새파랗게 살아남아 당신의 능선길에 닥지닥지 달라붙은 저를 보신 적 있잖아요 실직한 당신의 낡은 등산화 밑에서도 이렇게 푸른 잎을 밀어 올리고 있잖아요 혹시, 뒤돌아보지 않고 지나온 길이 후회되세요 흔적도 없이 지워드릴 수도 있어요 가파른 오르막길이 팍팍하고 힘들면 부담 없이 제 발목쟁이를 또옥 따서 풀싸움이나 하면서 잠시 쉬었다 가세요 길 잃어 막막한 당신이 뿌리째 뽑아서 하늘 높이 제기차기를 해도 그만이고요 다시 말씀드리지만 제가 가진 그늘은 씨방처럼 부푼 당신의 땀방울을 말리기엔 키가 너무 작으니까요 그러니까 제 발목쟁이를 드린다는 거예요 대신에 당신의 캄캄한 어깨를 껴안고 하산하던 씨앗 한 톨이 고개 묻고 돌아가는 당신의

뒤안길이나 깨진 보도블록 틈에 질긴 뿌리를 부리고 서
서 언젠가 당신의 지친 발목에 입맞춤할 수 있다면 저는
밟혀도 정말이지 괜찮거든요 이젠 당신도 다시 한 번 울
먹이는 희망을 돌볼 시간이잖아요

# 옥수수 심장

인디오 전설에 따르면 벼락 맞아 금 간 바위틈에서
개미들이
자신과 똑같은 색깔의
옥수수 알갱이를 한 알씩 들고 나왔다고 한다
하양 옥수수
노랑 옥수수
자주 옥수수
검정 옥수수
그때부터 하양 개미, 노랑 개미, 자주 개미, 검정 개미
는 허리가 홀쭉해졌다

무단으로 멕시코만에 침입한 유럽 제국의 백인들이
인디오에게서
옥수수 심장을 훔쳐갔다
하양 옥수수
노랑 옥수수
자주 옥수수
검정 옥수수

그때부터 인디오가 먹던 옥수수를 백인이 먹고, 메스
티소가 먹고, 물라토가 먹고, 삼보가 먹는다

# 안락사

진공청소기로 장롱 밑 묵은 먼지를 빨아들이다가
빨간 물풍선 하나가 딸려 나왔다
어둠에 너무 오래 눌려 있었던 것일까
두 어깨가 폐가처럼 비어 있다
손바닥에 올려놓자
얼굴이 늪처럼 고요해진다
옥죄는 매듭을 어떻게든 풀어 주려 했으나
한때
목구멍이었고
똥구멍이었을 입구는
풀면 풀수록
더 단단하게 조여들었다

풍선을 도마 위에 올려놓고
개숫물을 더듬거려 물 뚝뚝 듣는 과도를 꺼내
입술 잔뜩 오므리고
두 눈 꼭 감고
단숨에 그의 멱을 확 따주었다

푸우-하고
짧은 한숨을 허공에 토하고
평온한 얼굴로
무색무취의 혈액을 수챗구멍으로 쿨럭쿨럭 방류하는
물풍선

잘 가라
한때 거칠게 풀무질했던 희망들

# 진달래 병사

한식(寒食) 지나 대학 동아리 선배들과 비석 탁본 뜨러 공주 공암리(孔岩里)에 갔었지. 비석에 먹칠하러 또 왔냐고 늙은 종부한테 욕을 바가지로 먹었다는 거 아니냐. 겨우 허락을 얻어 탁본을 뜨는 데 평생 배움의 길을 걸었다는 비석 주인공의 내력보다 육이오 때 맞았다는 네 발의 총알 자국이 탁본에 더 선명하게 드러나는 거라. 탁본이 잘 마르게 무덤 그늘에 올려놓고 개울로 내려가 먹물 든 손도 씻고 김밥도 한 줄씩 나눠 먹는데 갑자기 뒤가 무자게 마렵더라고. 탁본하다 실패한 화선지 몇 장 쥐고 골짜기로 냅다 내달렸지. 가랑이를 쩍 벌리고 그 시원한 일을 막 시작할 참인데 뒤가 이상하게 서늘하더란 말이지. 엉덩이를 하늘로 번쩍 쳐들고 가랑이 사이로 뒤를 보니까 골짜기가 온통 진달래꽃인 거라. 좁은 골짜기가 하늘을 향해 일제히 꽃을 겨누고 있는 거라. 육이오 때 이 골짜기에서 인민군이 떼죽음을 당했다는 종부 말씀이 문득 생각나 바지도 추키는 둥 마는 둥 도망쳤다는 거 아니냐. 그중엔 딱 소총만큼만 자란 어린 병사도 많았다는데……. 진달래꽃이 자기가 빛나는 봄인 줄도 모

르고, 은폐 엄폐도 없이 골바람에 불려 다니며 엄마-
엄마- 하고 징징대고 있는 거라.

3부

# 하모니카를 불어 주세요

아버지가 툇마루에 한갓지게 앉아
하모니카를 붑니다
입술이 잘 미끄러지게 하모니카에 침을 쭈욱 바르면서
도-레-미-파-솔-라-시-도
도-시-라-솔-파-미-레-도
두 손으로 하모니카를 포옥 감싸고
입술을 오므렸다 폈다 하면서
풍잣 풍잣
리듬을 넣었다 뺐다 하면서
풍자자 풍잣

백마강 달-밤-에 물새-가 우울—어
풍잣 풍잣

아버지 태어난 곳은 연기군 남면 양화리 66번지
행정수도가 들어선다고
 집도, 집터도, 뒷간도, 뒷간 옆 돼지우리도, 뒤란도, 정
구지밭도, 장독대도, 장독대 옆 고욤나무도 다 사라지고

주소만 새로 얻어
세종시 연기면 세종리 66번지
옛날 옛적 강경의 새우젓 배가
부여에서 백마강과 반갑게 손잡고
공주로 거슬러 오다가
장남 평야 끄트머리
앵청이나루와 만나던 곳

냇-가에 수양버들 춤추는 동-네, 그 속에서
놀던-때가 그립습니-다
풍자자 풍잣

아버지, 내일 일찍 저하고 보청기 맞추러 대전에 가야
하니까
오늘은 그만 주무셔요

툇마루 모서리에 하모니카를 탁탁 털고
가래 한 번 뱉고

두 눈 지그시 감고 다시 하모니카를 부는 아버지

풍잣 풍잣
밤 깊은-마포종점 갈곳없는 밤-전차
비에 젖어 너도 섰고
갈곳없는-나도 섰—다
풍자자 풍잣

아버지, 비 와요?

# 굿하는 집

굿판이 벌어진 날은
산동네 개들도 배를 채우러 오는 집
임경업 장군과 미륵 동자가 한방에 사는 집
이끼 낀 슬레이트 지붕엔
단풍잎 몇 장이 무당개구리처럼 붙어 있고
굿판이 끝나면
흰 쌀밥과 돼지고기와 과일과 떡을 세 들어 사는 우리
에게 제일 먼저 갖다 줘서
나와 동생들이 해마다 한 치씩 키가 자라던 집

굿 없는 날은
징 소리 고이던 처마에 무당거미가 그늘을 흔들며 집
을 짓고
아기 귀신을 잘 본다는 주인집 무당 할머니가
머리에 무명 띠를 두르고
수국이 핀 우물가에 쭈그리고 앉아
매운 담배를 피우던 집
그 모습 문구멍으로 엿보다가

무당이 작두 탈 때는
머리가 천장까지 닿는다는 어머니 말이 문득 생각나
무당벌레의 몸을 빌려
그의 흰 버선발에 앉아 보고 싶던 집

중학교에 올라와 처음 배운 영어 때문인가
붉은 대문에 또박또박 쓰인
굿. 하. 는. 집. 이
좋은 일 하는 집으로 자꾸 해석되던
새벽 장사 나간 아버지 어머니를 밤늦도록 기다리다가
우리끼리 깜박 잠들어도 하나도 안 무섭던
산기슭
우리 집

# 국수의 가족사

옛 포목점 터에 장날이면 차일을 치고 국수를 판다고, 그릇 속에 연화좌(蓮華坐)를 틀고 앉아 하얀 김을 내는 것이 여간 맛있어 보이지 않는다고, 전화기 너머로 연신 입맛을 다시는 아버지. 아버지, 저 지금 수원으로 출장 가는 중이에요. 뚜- 뚜- 뚜-

불혹(不惑)의 아버지가 석 달 만에 사막에서 돌아왔다. 양말을 벗자, 발의 지문이 우수수 쏟아졌다. 모래 지옥에 떨어지려고 몰두했으나, 가족 때문에 갈림길에서 돌아왔다고 했다. 우린 모처럼 두레상에 빙 둘러앉아 양푼의 중심이 다 드러나도록 젓가락을 다투며 국수를 먹었다.

느이 할아버지 환갑 땐 채마밭까지 돗자리를 깔고 멸치 국물에 올 풀린 국수를 다들 배불리 먹지 않았냐. 오래 아프다 돌아가신 할머닐 선산에 모시고 돌아온 날에도 온 가족이 부엌에 앉아 눈물 섞어 국수를 먹었고…… 아버지, 이번 주말엔 꼭 내려갈게요. 뚜- 뚜- 뚜-

중국 서쪽 끝 신장 위구르 불모의 사막, 화염산 아래에서 남루한 가죽 외투를 입은 40대 사내의 미라가 발굴되었다. 그 곁, 빛바랜 토기 속에 퉁퉁 불은 채 화석이 된 국수 몇 가닥. 눈 찔리고, 꼬리가 다 닳은. 함께 발굴된 13구의 미라는 그가 거느린 식솔들이었을까?

　오후 내내 창문에 부종처럼 달라붙어 있는 봄비를 달래 주러 직립의 국수 한 줌 꺼내 삶는다. 도무지 슬픔을 모를 것 같은 뽀얀 살결의 국수를 채반에 건져 찬물에 헹구고 또 헹군다. 댕강 잘린 국수 가닥 하나가 개수대에 떨어져 물방울이 튈 때마다 파닥거린다.

# 돌확 속의 쉬리

TV 다큐멘터리에서
차고 맑은 여울을 거슬러 오르는 너희를 처음 보았을
때
외로움이 많은 어족이라고 생각했지
태양 수족관에서 만났을 때도
물살을 수직으로 찢고 솟구치며 제법 힘자랑을 했었
잖아
내 집에 오던 날
돌확의 낯짝을 흔들며
베란다 바닥까지 뛰쳐나와 파닥이던 의욕들은
그새 어디로 간 거야

딸애가 학교에 갈 시간이야
아내가 딸애의 긴 머리를 빗겨 주는 동안
딸애는 또
너희 머릿수를 또박또박 세겠지
조금 더 빨리 움직여 주겠니
그렇게 아가미를 내놓고 핑그르르 원만 그리지 말고

차렷, 열중쉬어
차렷, 열중쉬어
차렷, 열중쉬어

플라스틱 조가비를 툭툭 치기도 하고
단단한 돌확을 쪼아 먹는 시늉이라도 하라고 제발
쉬리!

# 제 꿈에서 뭐 하시는 거예요

아버지,
이 많은 쇠똥을 어디에다 쓰시게요

44살의 아버지가 쇠똥을 나르면
11살의 나는 고욤나무 아래 쇠똥을 쌓고요

54살의 아버지가 쇠똥을 나르면
21살의 나는 고욤나무 아래 쇠똥을 쌓고요

64살의 아버지가 쇠똥을 나르면
31살의 나는 고욤나무 아래 쇠똥을 쌓고요

74살의 아버지가 쇠똥을 나르면
41살의 나는 고욤나무 아래 쇠똥을 쌓고요

아버지,
쇠똥을 나르느라
새참도 거르셨나 봐

팝콘처럼 쏟아지는 고욤꽃을
참 맛있게도 드시네

고욤나무 꽃그늘이 제법 묵직해졌어요
아버지,
인제 그만
쇠똥 속으로 들어갈 시간이에요

# 독거

쇠말뚝이 쑥 빠지자
염소가 강둑으로 달아난다
목줄에 묶인 말뚝이 비탈을 어지럽히며 염소 뒤를 바
짝 따른다
염소가 더욱 빨리 달아난다

구름이 강을 건넌다
강 건너 미루나무 숲에서 바람이 불어와
구름 입 주위가 솜사탕처럼 희어진다
햇살이 별일 없다는 듯 강물 위에 팔랑거린다

버드나무에 염소를 매고
강가로 내려와
철거된 종갓집에서 주운 기와 조각으로 물수제비를
뜬다
기와 조각이 강물 위를 명랑하게 뛰어가다가
힘없이 주저앉는다

상류에서 물풀들이 떠내려와
내 발목을 툭툭 치고
쏜살같이 달아난다
고추잠자리가 저희끼리 좋아라고 알몸으로 붙어 다닌다

염소야,
그만 돌아가자
해종일 사립문 앞에 쪼그리고 앉아
너와 나의 일거수일투족을 살피던 할머니가 저물녘에
묶여 있다
분꽃이 얼마나 지루했으면
하혈을 시작했을까

동네 형들은 밤낚시를 한다고 강가로 내려오고
철거 지역에 들어갔던 트럭들은
먼지를 일으키며
텅 빈 농협 창고 앞을 지나간다

# 우산 수리 전문가

등굣길에 비가 온다는
우산 수리 전문가의 예언이 적중했다
그가 우산을 건네자
끝말잇기를 하듯 빗방울이 떨어진다
엊그제 비를 맞으며 나와 함께 등굣길을 나섰던 우산
한 개가 아직 돌아오지 않았다고 그가 조심스레 말을 꺼
냈지만
나는 언제나처럼
그의 말을 한 귀로 듣고 한 귀로 흘렸다

그는 날마다 고장 난 우산을 수거하고
그는 날마다 고장 난 우산을 수리한다
그가 수리한 우산의 팔구십 퍼센트가 나를 위해 쓰였다

한번은 다 저녁에 예고도 없이 소나기가 퍼부었는데
당황한 우산 수리 전문가가
빗속을 뚫고
학교까지 나를 찾아와 불쑥 우산을 건넸다

## 비 맞고 다니지 말아라

돌이켜 보니,
배후에 우산 수리 전문가가 있었기 때문에
나는 이 우울한 세계에서
비 한 방울 맞지 않을 수 있었다

저녁상을 물린 우산 수리 전문가가 툇마루에 앉아
구름의 방향과 색깔을 살피고
바람의 냄새를 맡는다
새로 수리할 우산을 펼쳐 빙글빙글 돌린다
작년보다 잔고장이 더 많아진 그가 우산에 가려 잘 보
이지 않는다

일기예보에 내일 비가 올 확률은
팔구십 퍼센트.

# 구미호

범눈썹의 할아버지는 흑백 TV 속으로
구미호를 잡으러 떠났다
매운 모깃불 속에는 구미호의 눈동자가 아흔다섯, 아
흔여섯, 아흔일곱, 아흔여덟······
할아버지는 칠흑 같은 어둠 속에서
구미호의 아홉 번째 꼬리를 꽉 움켜잡고 아흔아홉 번
휘휘 돌려 던졌다
피똥을 싸며
강 건너 미루나무 숲으로 떨어진 구미호
할머니는 소스라치게 놀란 나를
이불 속에 숨기고
마루 위 놋요강도 급히 방으로 들였다

모깃불 속에 노릇노릇 구워진 구미호의 아홉 번째 꼬
리를
호호 불어
할머니와 내가 한 입씩 베어 먹고 있을 때
아홉 번째 꼬리 잘린 구미호가

부스스 일어나

홀딱홀딱 재주를 넘어 미루나무 숲을 빠져나오고 있었
다

구름처럼 둥근 엉덩이를 강가에 내려놓고

피 묻은 여덟 개 꼬리를 차례차례 씻으며

꼬리 하나, 꼬리 둘, 꼬리 셋, 꼬리 넷, 꼬리 다섯, 꼬
리 여섯, 꼬리 일곱, 꼬리 여덟……

갑자기 획 돌아서서

실핏줄 툭툭 터진 새빨간 두 눈으로 나를 노려보던

흰 눈썹의 구미호

# 폴라로이드 카메라


오이도 철강단지 옆 공터에 텐트를 치다가
그만 속도와 마주쳤네
너무 일찍 도착한 속도 때문에
나는 어떤 동작도 갖지 못하고
돗자리를 옆구리에 끼고
왼발을 든 채 그 자리에 서 있어야 했네

오랜만의 외출이라
셔터의 작동법을 잊어버렸나
아내는 새로 산 유모차에 아이를 태우고 콧노래를 부르며
방파제 위를 오락가락하다가
긴 머리카락이
서에서 동으로 휘날리는 줄도 모르고
그 자리에 멈춰 있어야 했네

방금 배달된 순살프라이드치킨 한 조각을 아이의 입에 넣어주다가

팔베개를 하고 누워
느티나무 이파리 사이로 쏟아지는 햇살과
가늘게 눈 맞추다가

여보, 잠깐만 그대로 멈춰 봐

그대로 멈춰 봐보다
먼저 도착한
찰칵,

방금 인화된 싱싱한 주말 가족이야
봐 봐, 행복해 보이지?

# 버럭론

봄볕이 며칠째 몽우리를 만지작거리니까

목련이 확 제 가슴을 보여 주었다

애기똥풀도 놀라서 길섶에 꽃을 토했다

고등학교 2학년 때 공부가 힘들다고 했더니

아버지가 딱 한 번 버럭 하셨는데

조촐한 세간들이 좁은 마당을 함부로 날아다녔다

그 후로 공부가 힘들지 않았다

오래 참았다가 한 번에 터트리는 것은 아름답다

상수리나무가 빛나는 열매를 내려 줄 때는

갈바람이 나무의 뺨을 갑자기 후려칠 때다

그래야 단풍도 붉으락푸르락한다

# 간장게장이 익어 가는 저녁

빗자루를 타고
긴 치맛자락을 펄럭이며 먼 세계로 날아갔던
늙은 마녀의 귀환처럼
저녁이 오네

아버지가 조금만 더 친절했더라면
어머니가 아버지한테 부드럽게 스며들지 않겠어요
한때는 다정했으면서……

간장과 꽃게를 요약하면
간장게장이 된다

오랜 가뭄 같은 외골격의 아버지가
또 술에 취해
어둑발 내린 골목을 흔들며 들어오시겠지

간장게장과 고봉밥과 아욱국을 두레상에 차려 놓고
부엌으로 들어가

환하게
군불을 지피는 어머니……

간장은 묵묵히 꽃게를 적시고
저녁은,
어둠의 일부가 되어 간장게장 속으로 흐르네

마음을 굳게 먹으니 배가 고프다

# 날라리

폐가의 우물을 들여다본다
우글우글한 올챙이들이 그 속에서 한꺼번에 쏟아져 나
와 우물이 페트병처럼 오그라든다

며칠 내린 봄비로
파묘한 선산(先山)의 뫼들이 갓 구운 **빵**처럼 부풀어 오
르고
거기 아버지가 있었다
토지 보상비로 새로 마련한 선산이 버젓이 있는데
아버지는 왜 옛 선산에 올랐을까

무너진 서까래 밑에서
버려진 가재도구를 뒤적이는 아버지
밝은 갈색과 어두운 갈색의 개미들이 아버지 신발 위
를 바쁘게 오간다

아버지 무얼 찾으세요

날라리는 어디 있니?


아침 안개를 수의처럼 두른 아버지가
강둑에 앉아
푸른 녹이 슨 날라리를 분다
삘리- 삘리리-
젊어서 박수였다는, 날라리를 참 잘도 불었다는 할아
버지도
아버지와 나란히 앉아 날라리를 분다
삘리- 삘리리-


아버지 괜찮으세요, 간밤 꿈에 아버지가 보여서 전화
드렸어요


날라리는 어디 있니?

# 봄 2

무지렁이 업(業) 쑥부쟁이가 나물 되는 것도 오늘까지.

# 배춧잎 줍는 여자

새벽 청과물 도매시장 한편에 서서
경매 끝나기를 기다리는
한 여자가 있었네

경매가 끝나자마자
손수레로 옮겨지는 푸른 배추 더미 뒤를
졸졸 따라가
상인들이 떼어 내 버린 배추 거죽을 한 잎 두 잎 줍는
한 여자가 있었네

푸르죽죽한 배추 거죽
거무죽죽한 배추 거죽
사람들이 밟고 지나간 배추 거죽
사람들이 밟고 지나가 짓이겨진 배추 거죽
사람들이 밟고 지나가 짓이겨져 푸른 물이 배어 나오
는 배추 거죽에서
가장 깨끗한 것만 골라
한 보따리 짊어지고 서둘러 집으로 돌아오는

한 여자가 있었네

보따리 안에서 늙은 빨래 같은 배추 거죽들을 꺼내
찬물에 헹궈
비틀어 꼬옥 짜서
처마 밑 빨랫줄에 가지런히 널어 놓고
우려낸 멸치 국물이 없어 솥에 반쯤 맹물을 붓고
어슷하게 썬 파 쪼가리와
다진 마늘 약간
묵은 된장 한 숟갈 휘휘 풀어
연탄불에 은근하게 한솥 배춧국을 끓여 놓는
한 여자가 있었네

푸르죽죽한 배추 거죽 같은
거무죽죽한 배추 거죽 같은
사람들이 밟고 지나간 배추 거죽 같은
사람들이 밟고 지나가 짓이겨진 배추 거죽 같은
사람들이 밟고 지나가 짓이겨져 푸른 물이 배어 나오

는 배추 거죽 같은
한 여자가,

4부

# 꽃의 식자(植字)


그깟 컨테이너 실은 트럭 한 대 스쳤다고
찔끔 꽃을 지릴 건 뭐누
새벽부터 예고도 없이 퀵서비스가 몰려왔다고
와락 꽃을 쏟을 건 또 뭐누

공단 천변 개나리 울타리가
바람에 흔들리네
꽃의 꽁숫줄 훅 타들어 가는 봄이 왔다고
트럭 한 대 지날 때마다
하수구 퇴적물 위에 표창을 던지듯
꽃 활자를 재빠르게 식자하는
개나리 울타리

속보는 속도가 생명이라고
기계단지 지나 화학단지 지나 염색단지까지 봄은 거뜬
히 왔다고
발 빠른 꽃의 추락

천변을 쏘다니던 비루먹은 개 한 마리가
컹컹 짖어 주어
문장부호와 띄어쓰기를 겨우 맞춘
탈고

시큼시큼한 하수구 퇴적물 위에
호외로 뿌려진

봄,

봄,

봄,

# 압화(押花)


하릴없이 지나는 사람 꽁무니를 따르던 봄바람이
붐비던 개나리꽃을
버스를 기다리는 린모네 흰 운동화 위로
투, 투, 투, 떨어뜨려 줍니다

린모네 도톰한 입술은
갓 피어난 붉은 동백을 닮았는데요
고향 캄보디아에는
봄이 없어
투, 투, 투, 떨어지는 개나리꽃이 봄꽃인 줄 몰랐답니다

가죽 공장 모퉁이를 돌아 나온 다국적 시내버스 한 대가
한 무리 린모네를 공단역 광장에 내려놓고
돌아가는 금요일 오후
버스가 급출발하자,
봄바람이 떨어진 개나리꽃 허리춤을 붙잡고
4차선 아스팔트 도로 위를
돌, 돌, 돌, 굴러갑니다

사원의 정원처럼 수줍은 린모네, 당신도 따라올 테면 따라와 봐요

어머, 저, 저, 노오란 꽃 좀 보아!

Please, No jaywalking!

Please, No jaywalking!

나는 문득,
개나리꽃을 잡으려고 아스팔트로 뛰어가는 린모네의 뒷모습이
저물녘 봄 언덕을 닮았다고 생각했습니다
차창마다 봄 햇살 피어나는
시내버스 한 대가
다국적 야간 작업반을 데리러 서둘러 정류장으로 들어오다가

급히 멈춰 버린
금요일 오후,

봄이 조금 더 깊어졌습니다

# 낙타

무릎 아래가 잘려 나간
낙타 한 마리가
사람들로 북적이는 광저우[廣州] 시내 한복판에 앉아
있다
그 옆에
오체투지로 엎드려
지나는 사람들에게 연신 머리를 조아리며 구걸하는
사내도
바지 속 무릎 아래가 헐렁하다

낙타와 사내는
이곳이 머언 고비사막이라도 된다는 듯
지나가는 사람들을 위해 가끔 무릎을 곧추세우고
걷는 시늉을 해보지만
무릎 아래가 없어
투루루루 투루루루 투레질만 하다가
이내 주저앉는다

낙타 가죽옷을 입은 사내들이 검은 차에서 나와
구걸함의 동전을 수거하는 저녁

수북이 쌓인 동전 속에서
방금 잘린 무릎 냄새가 난다

# 잔나비걸상버섯

이것은 버섯이 아닙니다
하루 치 고단한 노동을 마친 잿빛 원숭이가
지친 몸을 누이고
저물녘의 숲을 바라보던 의자입니다
의자는 떡갈나무 밑동에
다리를 묻고
빈 웅덩이처럼 늙어 버렸으나……
아직도 잿빛 원숭이를 기다리고 있는지도 모릅니다

한 줌의 가족을 위해
빌딩과 빌딩 사이를 쏘다니고,
빛나는 열매를 위해
낯선 사람 앞에서도 재주를 넘고 엉덩이를 흔들어야
했던,
생활의 무게 때문에 어깨가 주저앉아
두 팔이 길어진,
그 잿빛 원숭이를 말이죠

숲이 바람을 흔들 때마다
늙은 의자의 주름에서 어린 의자들이 태어납니다
푸른 활엽으로 뒤덮인 허공은
환구가 보이지 않아
어린 의자는 아무 걱정 없이 잘 자랄 것입니다

도시의 붉은 사냥개들이
아직도 잿빛 원숭이를 찾아다닌다는 떠돌이 소문이
있습니다만
아니, 아니요,
잿빛 원숭이란 이제 이 세계에 없는 존재입니다
그러므로
이것은 의자가 아닙니다

# 얼음 소녀*

잉카의 조상이 그늘처럼 떠다니는 설산(雪山)에서 나는 날마다 조금씩 야위기로 했어요 더는 붙들 곳이 없다며 가슴을 더듬던 추위가 초경의 연한 꽃망울까지 얼어붙게 했죠 봉인된 돌무더기 안에서 오도독오도독 고드름 깨물며 숨바꼭질을 할래요 달빛에 얼어붙은 어둠은 언제나 나를 숨겨 주죠 콘도르 깃털 뼈로 만든 피리 소리가 들리나요 눈먼 바람이 배냇짓하는 꽃씨를 업고 산정(山頂)에 오를 시간이에요 쉿, 큰 구름이 조막 구름을 뼈째 삼키고 은빛 눈꽃을 토하고 있어요 이곳에선 눈 내리고 그치는 일이 부질없다며 광대뼈를 드러내고 울음을 쏟아 내는 눈사태 氏, 얼음 창문에 달라붙은 서리꽃 좀 치워 줄래요 어깨를 늘어뜨린 어색한 포즈로 미끈하고 아릿한 맛의 꽃씨를 찾아야겠어요 눈덩이 하나에 꽃씨 한 톨씩 꼭꼭 눌러 심고 저 팽팽한 빙하로 힘껏 던지면 만년설의 발성법을 익힌 빙하가 어쩔 줄 몰라 쿨룩대겠죠 박물관 한편에 서서 나를 읽고 있는 당신은 혹시 내가 던진 빛나는 꽃씨 중 하나인가요 올해도 팜파스엔 옥수수가 풍년인가요

# 무궁화 울타리 그 집

무궁화꽃 피었다 해도 숨는 사람 없어
말문을 닫고 도로록 떨어진 꽃
아무도 시든 꽃을 줍지 않았지
무궁화 울타리 그늘만 울울 자란 다섯 아이의 키를 재
주었지

그날 밤도 몹시 불콰해져
무궁화 울타릴 넘다가 그만 엎질러진
미경이 아버지, 연 씨 아저씨
그 주검을
수백 송이 무궁화 꽃이 덮어 주었다지

무궁화꽃 뒤집어쓴 저 파르스름한 주검 좀 보아

사람들은 말없이 울타리 그늘만 흔들다 돌아갔지
아무도 깨진 꽃을 돌보지 않았지
누구나 들여다보았으나
아무것도 보려 하지 않았지

감나무 과수원 끄트머리에 대충 눌러앉은
무궁화 울타리 그 집
다섯 아이는 구멍 숭숭한 울타리 안에서
삼동(三冬)에도
고뿔 한 번 안 걸리고
고드름처럼 쑥쑥 자라 주었지

지금도 청주(淸州) 외곽 어딘가에 단단히 뿌리내리고
어깨동무하고 산다고 그랬지
무궁화꽃은 지지 않았지
막내는 첫째가 키우고, 넷째는 둘째가 키우고,
내 동무 셋째 미경이는
울지도 않고
혼자 무럭무럭 자라서
근동에서 제일 알아주는 무궁화미용실 주인이 되었
다지

# 나비장*

나무의 어떤 균열은 매우 깊어서
무쇠 못으로는 그 균열을 어쩌지 못할 때가 있다
그럴 때
나비를 부른다


나비 한 마리로는
나무의 균열을 다 어쩌지 못할 때가 있다
그럴 때
나비 두 마리, 나비 세 마리가 나무의 균열 속으로 날
아온다


한때는 가문 좋은 집 툇마루였다는
먹감나무 찻상에
나비 한 마리가 앉아 있다
나비는 금방이라도 울음을 터트릴 것 같은 나무의 균
열을 어루만지며
기꺼이 나무와 한 몸이 되리라

나비 한 마리,
나비 두 마리,
나비 세 마리,
빈 하늘을 맴돌다가
어디에나 있고, 어디에도 없는, 세계의 균열 속으로
자늑자늑 날아간다

* 재목을 서로 잇거나 두 개 사이에 끼워 벌어지지 않게 하는 나비 모양의 나무쪽.

# 호텔 르완다*

천 개의 언덕에
천 개의 그늘이 숨어 있어
구루병에 걸린 아이들이
그 속에서 동시다발적으로 튀어나오게 세트를 정밀하
게 꾸밀 것
물통을 이고 뒤뚱뒤뚱 황톳길을 걷게 할 것
똑바로 걷게 하다가
자꾸만 삐뚜로 가게 할 것
배고프면 물 한 잔, 아니 물 한 모금 먹이고
새우잠을 재울 것

말라붙은 키부 호(湖)에는 천 개의 슬픔이 반짝거려요
마체테에 다리가 잡목처럼 잘려 나간 아빠,
엄마는 안녕하신가요?
오빠가 옥수수 죽을 먹여 줄 시간이에요
영양실조로 성장을 멈춘 나는
요긴한 입술 동작 외엔 움직이지 않기로 했답니다

천 개의 구름이
천 개의 언덕을 가려
복화술로 돌림노래를 조금 불렀을 뿐인데
돌림병이 돌았어요
우리는 피아노 건반처럼 누워 있다가
일 분에 일 옥타브씩 죽어 나갔죠
오늘 밤도 길 잃은 천 명의 사내들이 우리를 다녀갈
거예요


참, 르완다에 오신 걸 환영해요


* 르완다 내전(1959~1996)을 다룬 테리 조지 감독의 영화.

# 토룡(土龍)


혼자서는 오르지 못할 나무
누가 죽은 지렁이를 감나무 가지에 걸쳐 놓았나
구부러진 녹슨 못 같다
저게 폐가의 담벼락 아래에서
우렛소리를 따라
담 걸린 듯
마디마디 꿈틀꿈틀 기어 나오느라
가슴이 온통 헐었을 텐데
뒤돌아보면
지나온 길은 손금처럼 선명하구나

봄비가 감나무를 친다
말수 적은 감꽃이 소란하다
누가 죽은 지렁이를 감나무 가지에 걸쳐 놓았나
머리와 꼬리는 빗줄기에 헤지고
가슴도,
사타구니도,
짓무른 과육처럼 불어 터져

이제 감나무와 한 몸이 되었으니
먼동이 트는 일처럼
함께 모락모락 감꽃을 피워도 좋으련만,
깡마른 허공이
선뜻 길을 내어 줄 때
한 마리 붉은 용이 되어
구름 속으로 훨훨 날아가도 좋으련만

# 김쿼파 씨의 메일을 읽을 수가
없습니다

김쿼파 씨,

외롭고 쓸쓸한 저에게 정기적으로 메일을 보내 줘서
고마워요. 하지만 당신의 메일은 읽을 수가 없군요. 아
니, 솔직히 읽을 용기가 나질 않아요. 당신의 메일은 스
팸 메일함에서 오늘도 이렇게 나의 클릭을 기다리는데
말이죠. 단도직입적으로 물어볼게요. 김쿼파 씨, 혹시 제
가 아는 분인가요? 저도 용기가 나질 않아서 한때 닉네
임으로 첫사랑에게 메일을 보낸 적이 있거든요. 물론 답
장을 받지는 못했지만…… 어떤 날은 '박키고', 어떤 날
은 '최스란', 어떤 날은 '목폴리'인 당신 이름은 너무나 사
랑스럽고 아름다워서 이 세상 어디에서도 검색되지 않는
내 첫사랑을 닮았어요. FM 93.1 〈세상의 모든 음악〉에
서 흘러나오는 폴란드 가수의 우울한 노래를 듣는 저녁,
문득 내 첫사랑은 동유럽 끝없는 초원 어딘가에 살고 있
을 것 같다는 상상을 하면서 당신이 보낸 메일에 커서
를 올려놓고 클릭을 망설입니다. 이미지만으로 구성되었
다는 메일 미리 보기 정보는 당신의 존재와 당신이 계신
곳을 더욱 궁금하게 합니다. 당신이 만약 내 첫사랑이라

면 세상의 모든 음악을 사랑하고, 집시처럼 세상의 모든 나라를 떠돌기 좋아해서 세상의 모든 아침에 일어나서 제일 먼저 나에게 메일을 보냈을 거라고 믿고 싶어요. 하지만 당신이 보낸 메일은 클릭할 수가 없군요. 라디오에서 흘러나오는 폴란드 가수의 우울한 노래를 듣는 저녁, 오늘은 우박이 내려서 조금 서둘러 퇴근하기로 했어요. 김쿼파 씨, 당신이 계신 곳도 10월에 단풍이 붉고, 가끔 우박이 내리나요?

혹시, 너…… 옥분이 아니니?

# 블레이즈 씨의 첫 면접


  아프리카 코트디부아르 국립무용단원으로 아내와 한
국에 공연 왔다가 자국 내전으로 돌아갈 수 없게 된 블
레이즈 씨가,
  한증막 불가마에 화목 넣기를 하는 블레이즈 씨가,
  이태원 미용실에서 레게 머리 땋기 아르바이트를 하는
아내가 가족의 주 수입원인 블레이즈 씨가,
  식료품 도매점에서 첫 면접을 봅니다
  코트디부아르 사람이라면
  웃음을 잃지 말아야죠
  웃음을 잃지 않을 자신이 있다면 코트디부아르 사람
  외국인 등록증은 나왔지만
  운전면허증이 없어
  첫 면접에서 떨어진 블레이즈 씨가,
  흰 와이셔츠가 제법 잘 어울리는 블레이즈 씨가,
  세 아이의 아빠가 된 블레이즈 씨가,
  한낮의 골목 속으로
  멋쩍게 웃으며 빨려 들어갑니다
  내전으로 가고 싶어도 돌아갈 수 없는 먼먼 코트디부

아르

　코트디부아르 사람은 실망을 모르죠

　실망을 모르는 사람이라야

　코트디부아르 사람

　오늘의 면접이 끝났으니

　내일의 면접을 준비하면 그뿐

　한국에서 난민 인정을 기다리는 삼천백팔 명 중의 한
사람

　도무지 실망을 모르는

　블레이즈 씨가,

　한낮의 골목 속으로 뚜벅뚜벅 걸어갑니다

# 폐교의 풍향계

바람의 등대가 되려 했으나
살아온 게 기껏
무봉(無縫)의 바람을 발기발기 찢어 놓는 일이었다

강둑에서 몸 불린 바람이 다가오면
넘치는 폐활량으로 한때 청동빛 혈색이 돌았지
금관을 눌러쓴 산수유에 갔다가
빛나는 이마에 입술만 대보고 왔다는 바람을 상담실
로 몰래 불러들이기도 하고
수취인 불명 꽃가루를 잔뜩 뒤집어쓰고
어쩔 줄 몰라 하는 바람을 달래느라
식물도감을 뒤적여 꽃가루의 주소를 일일이 찾아주기
도 했다
버드나무 푸른 머리를 올려 주었다는
호색한(好色漢)의 바람과
장맛비에 흠뻑 취하기도 하고……

교문이 잠기자

쇠뿔 같은 죽순을 키우던 숙직실 뒤편의 대숲도
바람이 들지 않는다
풍금에 내장된 바람도 그새 다 빠져나간 것일까
구령대 위의 구름도 거죽이 얇아졌다
수다쟁이 채송화가
무너진 화단 귀퉁이를 쥐고 시무룩하게 앉아 있다
철없이 바람만 삼켰다며
허공에 휘두르는 플라타너스 푸른 붓질이
마지막 유서 같은
여름.

# 버려진 곰 인형

커다란 사내가
아파트 상가 계단에 앉아 있다

봄비가 찬데
여기서 뭐 해요

말이 없다

이 비 그치면
꼭 가야 할 곳이라도……

길 건너
신호등 불빛만 바라본다

우리 집에서
몸이나 좀 녹이고 가요

어깨를 부축하는데

한쪽 팔이 쑤욱 빠진다

아프다고
울지도 않는다

참 곰 같은 사내라고
생각했다

# 오소리 길

오솔길은 오소리가 다니는 길이라는 설이 있다지
짧고 뭉툭한 다리 때문에 캄캄한 밤의 숲을 맨가슴으
로 다녔을 오소리
아홉 고개 넘어
아홉 집으로 돌아가려고
낮은 포복으로 숲을 헤치느라
날카롭고 억센 풀들에 온통 베이고 찢겨
오소리 가슴은
생마늘처럼 매웠으리라

재 가루처럼 뿌연 야생의 밤안개가
내가 돌아가야 할 오솔길에 순식간에 옮겨붙어
절반은 찾고
절반은 찾지 못한 길
한때 내가 지나갔던 무수한 길들이 이 숲에 버려져 있
었구나
어릴 적,
당산나무에서 만난 오소리를 따라 다른 세계로 통하

는 길을 찾으러 간 적 있었지
　뾰족하고 촉촉한 그의 코끝에서
　길은 시작되었네

　꼬리를 살짝 감추고
　숲 밖에 납작 엎드려 나를 기다리는 세상의 골목 속
으로
　인제 그만 돌아가야 하는데
　내가 발 디딘 곳마다
　피붙이 살붙이처럼 길들은 자꾸 불어나고
　한 발짝 앞으로 나아갈 때마다 예전에 잘못 들어선 길
들만 자꾸 떠오른다
　나와 최단거리의 어둠 속에 벌렁 드러누워
　죽은 시늉을 하다가
　내가 걷고 있는 오솔길 어디쯤 불쑥 튀어나올 것만
같은
　오소리, 길

# 골목의 생태학

이경수(문학평론가, 중앙대학교 국어국문학과 교수)

## 1.

지금도 꿈에 가끔 나오는 골목이 있다. 어릴 적 10년 넘게 살았던 동네에도 골목이 있었고, 서울에 올라와서도 꽤 오랫동안 골목이 많은 동네에서 살았기 때문일 것이다. 골목은 유년기를 형성한 장소의 원형으로 적잖은 기성세대들에게 각인되어 있는 것 같다. 얼마 전 화제가 되었던 드라마 〈응답하라 1988〉에서도 1988년 쌍문동 골목의 풍경과 그곳에서 살던 사람들의 모습이 그 시절을 살았던 사람들의 향수를 자극한 것은 물론 젊은 세대의 아날로그 감성까지 자극했었던 걸 보면 말이다.

임경묵의 첫 시집에서도 우리는 골목의 풍경과 마주치게 된다. 가히 골목의 생태학이라 부를 만한 풍경이 그의 첫 시집에는 빼곡하게 그려져 있다. 특히 임경묵의 시가 주목하는 골목은 도시 변두리의 재개발이 진행 중인 골목이다. 재개발로 인해 골목에서 살던 이들이 하나둘씩 떠나면서 골목에 빈집이 늘어 가고 점차 폐허의 풍경이 되어 가는 모습을 놓치지 않고 그려 보인다. 그곳에는 삶과 죽음이 공존하고 있다. 살아 움직이는 생활의 풍경과 함께 비어 가고 사라져 가는 죽음의 기운이 스며 있다. 임경묵의 시를 읽으며 독자들은 아직도 현존하고 있는 골목의 풍경을 마주하기도 할 것이고, 지금은 이미 사라진 오래전 골목의 기억을 떠올리기도 할 것이다. 임경묵의 시가 그려 보이는 골목의 풍경은 현재의 시간은 물론 과거의 시간과 미래의 시간을 동시에 품고 있다. 비어 가는 골목의 풍경은 사람들로 왁자지껄하던 과거의 골목의 시간을 환기할 뿐 아니라 텅 비어 마침내 존재 자체가 사라져 버릴 미래의 시간까지 비추고 있다. 그런 점에서 임경묵의 시가 그리는 골목의 생태학은 도시의 현재를 실감 있게 반영하고 있는 셈이다.


## 2.


도심 곳곳을 구성하고 있는 골목은 점차 사라져 가고 있다. 여기에는 무엇보다도 주거 환경의 변화가 큰 영향을

미쳤을 것이다. 편리함을 추구하는 사회적 분위기와 개인 주택보다는 아파트를 더 선호하는 사회적 분위기로 인해 골목을 밀어 버리고 재개발을 하는 일이 도심 곳곳에서 벌어져 왔고 지금도 여전히 진행 중이다. 개인 주택이 밀집된 곳에서 시장이나 골목 상권을 형성해 왔던 곳들이 하나둘씩 사라지고 그 자리에 대형 마트와 아파트, 또는 주상복합건물이 들어서는 일은 서울에서는 흔하디흔한 풍경이 되었다. 서울 변두리를 구석구석까지 재개발해 온 경험이 이제 점차 지방 대도시와 소도시로 향하고 있고 그로 인해 전국의 도시가 비슷한 모양새를 띠게 된 지도 오래된 일이다. 처음부터 도시개발계획을 가지고 조성된 신도시에서는 예전과 같은 의미의 골목을 찾아보기란 어렵게 되었으며, 지방 소도시나 시골 특유의 분위기를 형성하던 골목도 이제 시내에서는 점차 사라져 가는 추세다. 어느 지역을 가도 시내의 분위기와 건물의 배치와 구성이 비슷비슷하다고 느끼게 되는 까닭도 이와 무관하지 않을 것이다. 임경묵의 시는 바로 그런 사라져 가는 골목의 존재에 관심을 기울인다.

바바리맨이 올 시간이다

입구에서부터 알은체를 했는데
골목이 딴전을 피운다

바람이 저글링 하던 검은 비닐봉지가 골목의 오후를 툭
툭 치고 돌아다닌다
민달팽이가 사철나무 울타리 그늘에 꼼짝없이 붙들려
있다


허기진 저녁에 풍덩 발을 담그면
서너 집 건너 악다구니로 싸우는 소리, 집어던진 세간들
쨍 짱 탁 부딪히는 소리, 흐느껴 울다가 까르르 웃는 소리,
한껏 볼륨을 높이고 달려오는 라디오 소리
그리고,
빈집에 삼삼오오 모여 골목의 안색을 살피며
본드를 불던 아이들


재개발지구 지정 안내판이 들어서자
집들은 하나둘 떠나갔다
골목도 이제 남은 골목을 거의 다 써 버린 듯하다
중학교 때
여기 사는 게 부끄러워
친구들에게 골목에 대해 부풀려 말한 적이 있다


일기예보에 한때 우박이 내린다고 했는데
섬모 같은 빗줄기가 비칠거린다
검은 비닐봉지가 맨홀 뚜껑에 납작 엎드려 있다


140

철거 딱지가 붙은 판잣집이, 거웃만 가린 담장이, 무당집
붉은 깃발이 젖는다
　나팔꽃이 담장을 넘다가 들킨 자리에
　우두커니 서서 젖는다


　저녁이 골목을 내려간다
　비 맞은 검은 비닐봉지와 사철나무와 민달팽이와 판잣집
과 무당집 붉은 깃발과 나팔꽃과 바바리맨을 데리고
　부스럼투성이 잡귀가 되어
　뿌연 어둠을 일으키며 내려간다


　나는 아직 이 골목에 소속되어 있다
　　　　　　　　　　　　　　　－「골목의 감정」 전문


　'골목의 감정'이라는 제목에 걸맞게 골목을 구성하는 존
재들과 그로 인해 골목이 형성하는 분위기를 생생한 시각
과 청각적 이미지를 통해 실감나게 그려 내고 있는 시이
다. 골목에 으레 출현하곤 했던 "바바리맨"과 "검은 비닐
봉지가 골목의 오후를 툭툭 치고 돌아다"니는 모습, "사철
나무 울타리 그늘에 꼼짝없이 붙들려 있"던 "민달팽이"가
익숙한 풍경을 이루고, "빈집에 삼삼오오 모여 골목의 안
색을 살피며/본드를 불던 아이들"이 골목 어딘가에서 튀
어나올 것만 같다. 어김없이 들려오던 "서너 집 건너 악다

구니로 싸우는 소리"와 "집어던진 세간들 쨍 짱 탁 부딪히는 소리", 그리고 "흐느껴 울다가 까르르 웃는 소리", "한껏 볼륨을 높이고 달려오는 라디오 소리" 또한 각자의 기억 속에 새겨져 있던 골목의 풍경 속으로 우리들을 이끈다. 누군가에게는 이미 사라진 풍경이지만 아직도 남아 있는 골목의 풍경을 임경묵의 시는 소환해 낸다.

골목에 빈집이 많아진 사연은 4연에서 비로소 드러난다. "재개발지구 지정 안내판이 들어서자/집들은 하나둘 떠나갔"던 것이다. "중학교 때/여기 사는 게 부끄러워/친구들에게 골목에 대해 부풀려 말한 적이 있다"고 시의 주체는 고백한다. 한때는 모여 살던 사람들로 와자지껄 떠들썩했던 골목이 지금은 남아 있는 집이 얼마 없는 적막한 곳이 되어 버렸다. 비 맞아 "맨홀 뚜껑에 납작 엎드려 있"는 "검은 비닐봉지"의 신세나, 속절없이 젖어 드는 "철거 딱지가 붙은 판잣집"만 남아 있는 골목의 신세나, 대부분 떠나간 "이 골목에" 아직 "소속되어 있"는 '나'의 신세나 처량하기는 별다를 바 없어 보인다. 점차 사라져 가는 골목을 구성하고 있는 존재들은 "비 맞은 검은 비닐봉지와 사철나무와 민달팽이와 판잣집과 무당집 붉은 깃발과 나팔꽃과 바바리맨"과 "아직 이 골목에 소속되어 있"는 '나'이다. 시의 주체인 '나'는 이 골목의 역사를 기록하는 마지막 기록자인 셈이다. 특히 임경묵 시의 주체는 시각과 청각의 이미지를 활용해 골목의 감정을 기록하는 데 탁월한 감각을 소유하고 있다.

　　먼 하늘이 뽀글뽀글하다
　　좁은 골목으로 양떼구름이 몰려온다
　　따뜻한 두부가 나올 시간
　　누이는 비릿한 콩물이 엉겨 두부가 되는 순간을
　　양들의 울음바다라고 부른 적 있다
　　몽글몽글한 울음 속에서
　　희고 말랑말랑한 양들이 태어난다고

　　가출한 누이를 찾아
　　역전 지하상가를 헤매다가
　　두부 한 모 사서 집으로 돌아가는 길

　　양떼구름이,
　　마지막으로 누이를 보았다는 역전 광장 분수대를 지나
　　미로 같은 지하상가를 돌아
　　두부 가게로 몰려온다
　　누이의 뽀글 파마머리는
　　양떼구름을 닮았으므로
　　누이는 아직 양떼구름을 벗어나지 못했을 거다

　　어머니 드릴 말씀이 있어요

어머니는 한 번이라도
두부찌개를 두부의 울음바다라고 부른 적 있어요

그만 밥 먹자
그렇게 울기만 하면
양들이 모두 달아난단다

네, 어머니
그만 밥 먹을게요
내일도, 내일의 양떼구름이 흘러야 하니까요
                    ─「양떼구름이 몰려온다」 전문

　임경묵의 시가 생활 체험에서 빚어지는 감각으로 살아
있는 이미지를 구성하는 데 탁월함을 보여 주는 대표적인
예이다. 번잡한 도시에서의 삶은 하늘을 바라보는 시간을
앗아간다. 구름의 모양 따위를 관찰할 여유는 더욱이나
없다. 고층 빌딩 사이로 가로막혀서 하늘이 잘 보이지 않
기 때문이기도 하지만 정신없이 분주한 일에 쫓기다 보면
설사 하늘을 보았다 해도 그것을 기억하지 못하는 일상이
이어질 것이기 때문이기도 하다. "먼 하늘이 뽀글뽀글하"
고 "좁은 골목으로 양떼구름이 몰려"오는 것을 목격하고
기억해 기록할 수 있다는 것은 골목의 삶이기에 가능하다
고 할 수 있다.

시 전체를 지배하는 양떼구름의 이미지는 "비릿한 콩물이 엉겨" 따뜻한 "두부가 되는" 모습과 그 순간을 "양들의 울음바다"라고 부른 누이의 말과 "몽글몽글한 울음"의 이미지로, "희고 말랑말랑한 양들"의 이미지로 이어진다. 양떼구름에서 몽글몽글한 두부를, 콩물이 엉겨 두부가 만들어지는 순간을 양들의 울음바다라고 부른 누이의 말을 연상한 까닭은 2연에서 밝혀진다. 시의 주체는 "가출한 누이를 찾아/역전 지하상가를 헤매다가/두부 한 모 사서 집으로 돌아가는 길"이다. "누이의 뽀글 파마머리는/양떼구름을 닮았으므로/누이는 아직 양떼구름을 벗어나지 못했을 거"라는 막연한 희망을 품고 여기저기 흘러 다니는 양떼구름처럼 "마지막으로 누이를 보았다는 역전 광장 분수대를 지나/미로 같은 지하상가를 돌아/두부 가게"를 거쳐 누이가 갔을 것으로 예측되는 길을 오늘도 찾아 헤맨다.

　　어머니와 마주 앉은 밥상에서 "어머니는 한 번이라도/두부찌개를 두부의 울음바다라고 부른 적 있"는지 물어보며 누이의 이야기를 꺼내 보기도 하지만 "그렇게 울기만 하면/양들이 모두 달아난"다며 어머니는 애써 누이 이야기를 삼킨다. "내일도, 내일의 양떼구름이 흘러야" 어디선가 뽀글 파마머리 누이도 양떼구름을 벗어나지 못한 채 너무 멀지는 않은 어딘가에서 살아갈 거라는 마음에서일 것이다. 이처럼 임경묵의 시가 그리는 골목에는 가출한 누이와 그런 누이를 찾아 헤매는 가족, 양들의 울음바다 같은 두

부를 만드는 몽글몽글한 시간이 살고 있다.

　　21세기에 너무 늦게 도착하고 말았네
　　노래방 여주인의 영업용 냉장고엔 캔맥주가 벌써 바닥났
는데
　　21세기에 태어난 여주인의 아이들은
　　카운터 뒤편 쪽방에서
　　우유에 탄 초코볼 시리얼을 먹고 있는데
　　막차가 끊긴 미산동 가구단지
　　다국적 노동자들이
　　21세기로,
　　21세기로 몰려오고 있었네
　　노래방 꽃무늬 벽지에 손바닥을 **빨판**처럼 붙이고 서서
　　변성기 아이 같은 목소리로

　　아무도 찾지 않는 바람부는 언덕ㅡ에 이름 모를 잡초야
이것저것아무것도 없는 잡초라네

　　21세기는 토요일 밤마다
　　방글라데시는 방글라데시끼리
　　스리랑카는 스리랑카끼리
　　캄보디아는 캄보디아끼리
　　필리핀은 필리핀끼리

탬버린을 흔들며
할로겐 램프 필라멘트가 끊어져라 막춤을 추고 있었네
21세기에 태어난 여주인의 아이들은
노래방 칸칸에 설치된 CCTV 화면을 보다가
깜박 잠이 들고
21세기가 만원이라
당분간 나는 21세기에 들어갈 수 없었네
21세기로 내려가는 주름진 지하 계단도
달빛에 서성이고 있었네

— 「21세기 노래방」 전문

  그 밖에도 임경묵의 시가 그리는 골목에는 "신장개업 치킨 집 화장실 문짝에" 떡하니 "체 게바라 사진 한 장"이 붙어 있는 「체 게바라 치킨 집」이나 "막차가 끊긴 미산동 가구단지/다국적 노동자들이" 토요일 밤마다 몰려드는 「21세기 노래방」이 성업 중이다. 치킨 집과는 어울리지 않는 체 게바라와 21세기와는 어울리지 않는 노래방의 분위기가 "이것저것아무것도 없는 잡초" 같은 인생들이 모여 사는 이 골목의 분위기로는 제격이다.
  "토요일 밤마다/방글라데시는 방글라데시끼리/스리랑카는 스리랑카끼리/캄보디아는 캄보디아끼리/필리핀은 필리핀끼리/탬버린을 흔들며/할로겐 램프 필라멘트가 끊어져라 막춤을 추"는 다국적 노동자들의 모습과 "카운터 뒤편 쪽방에서/우유에 탄 초코볼 시리얼을 먹고", "노래방 칸칸에 설치된 CCTV 화면을 보다가/깜박 잠이" 드는 "21세기에 태어난" 노래방 "여주인의 아이들"의 모습은 서로 어울리지 않는 듯 어울린다. 도시 변두리에서 살아가는 서민들이 흔히 보내는 주말의 유흥과 고된 노동에 시달리다 토요일 밤에 '21세기 노래방'에서 끼리끼리 모여 유흥을 즐기는 다국적 노동자들의 모습은 그다지 다르지 않을 것이다.

임경묵의 시는 도시 변두리 골목을 구성하는 장소 하나하나를 스케치하듯 그려 냄으로써 골목에서 살아가는 이들의 사연과 그들의 생태, 더 나아가 골목의 감정을 조형해 낸다. 재개발과 철거를 앞둔 살풍경한 골목의 모습을 그려 내는 것만으로도 골목의 감정을 전달하는 데 성공하고 있다고 할 수 있겠다. 「골목에 사는 여자」 같은 시에서는 불안과 위험의 장소로서 골목을 형상화하고 있기도 하다. 재개발과 철거를 앞둔 골목은 위험이 상시 도사리고 있다는 점에서 "잠든 그녀를 물어뜯는" 폭력을 재생산하는 곳이 되기도 한다.

## 3.

　재개발지구로 지정되어 살던 이들이 하나둘씩 자리를 뜨기 시작하면 동네는 점점 생기를 잃은 곳이 되어 간다. 사람이 살지 않는 집이 늘어가면서 골목도 점점 죽은 장소가 되어갈 것이다. 끝까지 버티는 주민들이 있다 해도 언제 철거가 강행될지 모르는 동네의 분위기는 인심이 흉흉해지고 을씨년스러워질 것이다. 날마다 악다구니가 펼쳐진다 해도 사람 사는 소리가 들려야 골목도 생기를 얻게 될 테니 말이다. 그렇게 사라져 가는 골목에 관심을 기울이던 임경묵의 시가 그곳에서 살아가는 사람들의 삶의 방식으로 관심이 이동하게 되는 것은 자연스러운 일이 아닐 수 없다.

　　비닐봉지가 툭 터지자
　　붉은 방울토마토가 한꺼번에 쏟아져
　　지하 계단으로 굴러갑니다

　　엄마,
　　나도 추락하고 싶은데
　　우린 왜 맨날 반지하에 살아요

　　너도 낯가림이 심하구나

누군가 발로 뻥 찬

최저생계비처럼 찌그러진 콜라 캔 하나가

사납게 짖으며

지하 계단으로 달려옵니다

―「제노비스 신드롬」 전문

시의 주체는 "비닐봉지가 툭 터"져 "붉은 방울토마토가
한꺼번에 쏟아져/지하 계단으로 굴러"가는 모습을 목격한
다. 누구나 흔히 경험할 수 있는 상황이지만 이어지는 주
체의 말은 심상치 않다. "엄마,/나도 추락하고 싶은데/우
린 왜 맨날 반지하에 살아요"라는 말과 "너도 낯가림이 심
하구나"라는 이어지는 말이 의미하는 바를 풀 수 있는 실
마리는 4연에서 찾을 수 있다. "누군가 발로 뻥 찬/ 최저생
계비"라는 말에서 맨날 반지하에 살면서도 "추락하고 싶"
다고 말하는 주체의 마음을 짐작할 수 있다. 해마다 12월
에 발표되는 최저생계비는 이듬해 기초생활보장 수급자 선
정 및 급여 책정의 기준으로 활용되는 까닭에 가난한 서
민들에게는 촉각을 곤두세울 만한 사안이 아닐 수 없다.
기초생활수급자의 경우 최저생계비에서 부족한 액수만큼
정부가 보전해 주며 차상위계층의 경우 다양한 복지 혜택
이 제공되기 때문이다. 그러나 자격 요건이 까다로워 소득
기준은 물론 부양의무자 기준도 충족해야 해서 사실상 기

초생활수급 대상자여야 함에도 혜택을 받지 못하는 경우가 적지 않다.

"나도 추락하고 싶은데"라는 말은 이렇게 이해해야 하지 않을까 싶다. 만날 반지하에 살 만큼 이미 가난하지만 기초생활수급자는 될 수 없는 신세라면, 최저생계비에도 못 미치는 생활을 하고 있어도 기초생활수급자는 될 수 없는 처지라면 "나도 추락하고 싶은데/우린 왜 맨날 반지하에 살아요"라고 말할 수 있지 않을까. "너도 낯가림이 심하구나"라는 말은 누구의 것인지 분명히 알 수 없지만 시의 주체가 들은 말이라면 '제노비스 신드롬'이라는 제목과 관련지어 그 의미를 살펴볼 수 있겠다. 제노비스 신드롬, 즉 방관자 효과는 주위에 사람이 많을수록 어려움에 처한 사람을 돕지 않게 되는 현상을 가리킨다. 내가 아니어도 다른 누군가가 돕겠지라는 생각에 책임을 서로 떠넘기게 되고 결국 모두가 방관자로 남게 되는 현상이라고 할 수 있는데, 최저생계비에도 못 미치는 생활을 하는 사람이 많을수록, 아니 그 정도의 처지가 아니더라도 경제가 어려워지고 먹고살기 힘들다고 느끼는 사람들이 많아질수록 어려운 이웃을 돕지 않게 되는 요즘의 각박한 인심도 방관자 효과와 관련이 있어 보인다. 낯가림이 심한 원인은 어쩌면 지독한 가난과 그로 인한 소외에 있을지도 모르는데 "너도 낯가림이 심하구나"라고 단정 지어 버리는 순간 그 원인은 더 이상 관심의 대상이 되지 않을 수도 있을 것이다. "누군가 발로 뻥 찬/최저생계비처럼 찌그러진 콜라 캔 하나가/사납게 짖으며/지하 계단으로 달려"오는 풍경은 사나운 인심만큼이나 서늘하다.

　　엄마, 지루하지도 않아
　　소파 좀 바꿔

　　설거지를 끝낸 엄마가 소파 밑에 쥐덫을 설치했다

　　여보,
　　멸치 대가리를 덫에 넣어 두는 걸 잊지 말라고

　　온 가족이 어깨를 좁히고 소파에 앉자
　　쿠션의 소재가 다 드러난 낡은 소파가
　　잠깐 출렁이다가
　　이내 푹 꺼졌다

　　자자,
　　지금부터는 낡은 소파 따위는 잠시 잊고
　　다 같이 개그콘서트에 빠져 봅시다

　　덫에 걸린 생쥐가
　　뾰족한 입술에 피를 묻히고

어둠을 오려 낼 듯한 눈으로 개그콘서트를 보고 있다
생활의 잔해가 쌓인 마루 밑은
생쥐를 키우고
덫은,
생쥐가 가장 안전하게 개그콘서트를 볼 수 있는 곳

어제 개그콘서트 재방송 때
소파 밑에 정지화면처럼 서 있던 놈일 거야

아빠는 축 늘어진 생쥐를 꺼내 텃밭에 던지며
수염을 씰룩였다

다 소용없는 짓이야
에미 쥐를 잡아야지

여보,
멸치 대가리에 들기름 바르는 걸 잊지 말라고
개그콘서트가 아직 끝나지 않았어

　쥐꼬리를 만진 손으로 아빠가 자꾸 내 머리를 쓰다듬었
다

—「개그콘서트」 전문

온 가족이 나란히 앉아 개그콘서트를 보는 장면은 일요일 저녁의 흔한 풍경처럼 보이지만 "온 가족이 어깨를 좁히고" 나란히 앉은 "소파 밑에 쥐덫"이 설치되어 있다는 것을 알게 되면 결코 예사로운 풍경이 아님을 알 수 있다. "설거지를 끝낸 엄마가 소파 밑에 쥐덫을 설치"하고 "여보,/멸치 대가리를 덫에 넣어 두는 걸 잊지 말라고" 주의를 주면서 "온 가족이 어깨를 좁히고 소파에 앉"아 개그콘서트를 보는 풍경은 그 자체로 우스꽝스럽고 기괴하다. "온 가족이 어깨를 좁히고 소파에 앉자/쿠션의 소재가 다 드러난 낡은 소파가/잠깐 출렁이다가/이내 푹 꺼"지는 모습도 우스꽝스럽기는 매한가지다. 요즘 말로 '웃픈' 현실이 아닐 수 없다. "생활의 잔해가 쌓인 마루 밑은/생쥐를 키우고/덫은,/생쥐가 가장 안전하게 개그콘서트를 볼 수 있는 곳"에 놓인다. "덫에 걸린 생쥐가/뾰족한 입술에 피를 묻히고/어둠을 오려 낼 듯한 눈으로 개그콘서트를 보고 있"는 모습과 온 가족이 어깨를 좁히고 소파에 앉아 "낡은 소파 따위는 잠시 잊고/다 같이 개그콘서트"를 보는 모습은 사실상 그다지 달라 보이지 않는다. "에미 쥐를 잡"기 전엔 "다 소용없는 짓"임을 알면서도 이 가족은 소파 밑에 쥐덫을 놓고 덫에 걸린 "축 늘어진 생쥐를 꺼내 텃밭에 던지"는 일을 반복한다. 낡은 소파와 쥐로 표상되는 가난을 잊고 개그콘서트에 몰두하는 가족의 신세도 쥐덫에 걸린 쥐의 신세와 다를 바 없어 보인다. 이 시가 가난을 그로테

스크하게 그리는 데 성공한 까닭은 가난한 상황 자체가 자아내는 웃음을 놓치지 않았기 때문이기도 하다. 생활의 고단함을 잠시나마 잊게 만드는 개그콘서트 같은 티브이 프로그램이 일시적인 위안에 불과함을 모르지 않으면서도 빠져들 수밖에 없는 상황을 이 시는 희화화된 가족의 모습을 통해 보여 주고 있다.

임경묵의 시에는 가족이 주고받는 대화가 시에 종종 삽입되어 있는데, 아이의 목소리와 부모의 목소리가 교차하는 시들은 아이와 어른의 시선의 불일치를 통해 독특한 분위기를 자아낸다. 「개그콘서트」 외에도 「기타 노동자」, 「게임 중독자」 같은 시에서 그런 발화의 특징을 확인할 수 있다. 「기타 노동자」에는 아빠의 목소리와 아이의 목소리, 엄마의 목소리가 교차해 등장한다. 콜트콜텍에서 기타를 만들던 노동자들이 정리해고를 당한 뒤 기타를 만들지 못하게 된 상황에서 착안한 「기타 노동자」는 "아빠는 기타리스트가 아니란다/기타리스트가 아니라서 바리케이드로 막힌 공장 철문 앞, 무성한 닭의장풀 속을 서성이는 젖은 두 발이 되었단다"라는 말로 기타 노동자였던 '아빠'의 정체성을 드러낸다. 아빠와 아이와 엄마와 아이가 주고받는 대화를 통해 해고된 기타 노동자를 가장으로 둔 이 가족이 처한 현실과 그 속에서 자라는 아이의 모습이 인상적으로 그려진다.

아뇨, 방금 왔어요

내 듀얼 모니터를 아까부터 훔쳐보고 있었잖니
도무지 일에 집중할 수가 없구나
어서 가거라
나는 더 용감해지기 위해
고독이 필요하단다

아빠,
한 달째 집에 안 들어왔잖아요
할아버지가 아파요

부조리와 불신으로 가득한 이 세계를
이 두 손으로 구하고 싶구나
오오,
내게 날아오를 수 있는 날개만 있다면

할아버지가 아파요
할아버지 연금으로 우리가 살아가고 있다는 거
아빠도 알잖아요

먼저 가거라
나에게는 아직 열두 개의 아이템이 남아 있단다

할아버지가 아파요
빨리 병원으로 옮겨야 우리가 살 수 있어요

아아,
창백해진 이 세계가
픽셀 속으로 사라지려고 하는구나

먼저 가거라

　　　　　　　　　　　　　　　ㅡ「게임 중독자」전문

　인용한 시도 아이와 아빠의 대화로 이루어져 있다. 그러
나 이 부자(또는 부녀) 관계는 평범해 보이지 않는다. 게임
중독자 아버지와 아이의 목소리가 교차되는 이 시에서 아
이의 목소리는 '아빠'가 처한 현실을 일깨우는 역할을 한
다. "아뇨, 방금 왔어요"로 시작되는 아이의 말은, 아버지
가 한 달째 집에 안 들어왔고 할아버지가 아프고 할아버
지의 연금으로 우리가 살고 있고 그러니 할아버지를 빨리
병원으로 옮겨야 함을 아버지에게 일깨운다. 그러나 게임
중독자 아버지는 그런 아이의 다그침에도 여전히 게임 속
세계에서 빠져나오지 못하고 그곳에 머물고 있다. "더 용
감해지기 위해 고독이 필요하"고 "부조리와 불신으로 가득
한 이 세계를/이 두 손으로 구하고 싶"다고 말하며 심지어

157

는 "날아오를 수 있는 날개"를 꿈꾸기까지 한다. 아버지와 가족이 처한 현실을 일깨우는 아이의 말에 대응하는 아버지의 말은 게임 속 세상에서 던져질 뿐이다. "나에게는 아직 열두 개의 아이템이 남아 있"고 "창백해진 이 세계가/픽셀 속으로 사라지려고" 한다는 말은 사실상 아이를 향하는 말은 아니다. 오로지 게임 중독자의 세계에 갇힌 말일 뿐이다. 아이를 향해 건네는 말이라고는 "먼저 가거라"라는 말뿐이다. 완곡한 거절의 말이자 현실 회피의 말이라고 할 수 있다. 앞이 보이지 않는 가난한 현실은 이런 회피적 태도와 게임 중독자를 양산하기도 할 것이다. 임경묵의 시는 이런 풍경을 가감 없이 보여 준다. "폭탄세일/신속배달/파산신청/가요주점/당일급전"(「옛 염전 소금 창고」) 같은 말이 익숙한 세계에 그의 시적 주체가 속해 있기 때문일 것이다.

그러나 임경묵의 시가 그리는 가난의 풍경은 어둡고 암울하기만 하지는 않다. 「우산 수리 전문가」에 그려진 것처럼 "날마다 고장 난 우산을 수거하고/날마다 고장 난 우산을 수리"하고 "수리한 우산의 팔구십 퍼센트"를 "나를 위해 쓰"는 "우산 수리 전문가"가 자신에게 있었음을, "예고 없이 소나기가 퍼부"을 때면 "빗속을 뚫고/학교까지 나를 찾아와 불쑥 우산을 건"네며 "비 맞고 다니지 말아라"라고 말하던 나만의 "우산 수리 전문가"가 있었음을 잊지 않고 있다. "돌이켜 보니,/배후에 우산 수리 전문가가 있었

기 때문에" "이 우울한 세계에서/비 한 방울 맞지 않을 수
있었"음을 그는 기억하고자 한다. 임경묵 시의 바탕에 흐
르는 따뜻한 시선은 아마도 여기서 비롯된 것이겠다.


**4.**

임경묵의 시에는 바닥을 기는 생태를 지닌 존재들이 자
주 모습을 드러낸다. 벼룩이나 질경이처럼 질긴 생태를 지
닌 존재도 등장하고, 밑바닥의 삶을 사는 사람들, 소외된
사람들, 버려지거나 사라져 가는 존재들도 종종 모습을 보
인다. 스스로를 "무일푼 무국적자"라고 일컫는 「벼룩의 노
래」나 "밟힐 때마다 새파랗게 살아남아 당신의 능선길에
닥지닥지 달라붙"고 "실직한 당신의 낡은 등산화 밑에서도
이렇게 푸른 잎을 밀어 올리고"(「질경이의 꿈」) 있는 질경이
는 가진 것 없지만 질긴 생명력을 지닌 존재들을 표상한
다. 당신에게도 "울먹이는 희망을 돌볼 시간"(「질경이의 꿈」)
을 선사하고자 하는 질경이의 꿈은 어쩌면 임경묵의 시적
주체가 꿈꾸는 바인지도 모르겠다.

아프리카 코트디부아르 국립무용단원으로 아내와 한국
에 공연 왔다가 자국 내전으로 돌아갈 수 없게 된 블레이즈
씨가,

159

한증막 불가마에 화목 넣기를 하는 블레이즈 씨가,

이태원 미용실에서 레게 머리 땋기 아르바이트를 하는 아
내가 가족의 주 수입원인 블레이즈 씨가,

식료품 도매점에서 첫 면접을 봅니다

코트디부아르 사람이라면

웃음을 잃지 말아야죠

웃음을 잃지 않을 자신이 있다면 코트디부아르 사람

외국인 등록증은 나왔지만

운전면허증이 없어

첫 면접에서 떨어진 블레이즈 씨가,

흰 와이셔츠가 제법 잘 어울리는 블레이즈 씨가,

세 아이의 아빠가 된 블레이즈 씨가,

한낮의 골목 속으로

멋쩍게 웃으며 빨려 들어갑니다

내전으로 가고 싶어도 돌아갈 수 없는 먼먼 코트디부아
르

코트디부아르 사람은 실망을 모르죠

실망을 모르는 사람이라야

코트디부아르 사람

오늘의 면접이 끝났으니

내일의 면접을 준비하면 그뿐

한국에서 난민 인정을 기다리는 삼천백팔 명 중의 한 사
람

도무지 실망을 모르는

블레이즈 씨가,

한낮의 골목 속으로 뚜벅뚜벅 걸어갑니다
—「블레이즈 씨의 첫 면접」 전문

"아프리카 코트디부아르 국립무용단원으로 아내와 한국
에 공연 왔다가 자국 내전으로 돌아갈 수 없게 된 블레이
즈 씨"는 졸지에 디아스포라 신세가 되어버린 기막힌 사연
을 가지고 있지만 웃음을 잃지 않고 살아간다. "한증막 불
가마에 화목 넣기를 하는 블레이즈 씨"의 주 수입원은 "이
태원 미용실에서 레게 머리 땋기 아르바이트를 하는 아내"
의 노동이다. 블레이즈 씨는 더 나은 직장을 구하기 위해
"식료품 도매점에서 첫 면접을" 보지만 그 결과는 좋지 않
다. "외국인 등록증은 나왔지만/운전면허증이 없어"서다.
낯선 나라에서 살아가는 일은 생각보다 만만치 않지만 "웃
음을 잃지 않을 자신이 있"고 "실망을 모르는 사람이라야/
코트디부아르 사람"임을 블레이즈 씨는 잊지 않으며 당당
히 살아간다. "한국에서 난민 인정을 기다리는 삼천백팔
명 중의 한 사람"인 블레이즈 씨에 임경묵의 시적 주체가
관심을 갖는 이유는 그가 이 땅에서 소외된 사람이자 그
럼에도 웃음을 잃지 않고 자부심을 잊지 않고 당당히 살
아가는 인물이기 때문이다. 블레이즈 씨를 그리는 따뜻한
시선에서 임경묵의 시적 주체가 인간에 대한 애정과 세상

에 대한 믿음을 지니고 있음을 짐작해 본다.

「폐교의 풍향계」나 「버려진 곰 인형」 같은 시도 버려지고 소외된 존재에 대한 임경묵 시의 관심을 보여 준다. "바람의 등대가 되려 했으나/살아온 게 기껏/무봉(無縫)의 바람을 발기발기 찢어 놓는 일이었다"는 회한에 젖은 「폐교의 풍향계」와 "아파트 상가 계단에 앉아 있"는 "커다란 사내"(아마도 「버려진 곰 인형」으로 보이는)를 향한 따뜻한 연민의 시선은 그 역시 버려진 골목에 아직 소속되어 있는 사람이라는 데서 비롯된 것이기도 하다. "새벽 청과물 도매시장 한편에 서서/경매 끝나기를 기다"렸다가 "경매가 끝나자마자/손수레로 옮겨지는 푸른 배추 더미 뒤를/졸졸 따라가/상인들이 떼어 내 버린 배추 거죽을 한 잎 두 잎 줍는/한 여자"(「배춧잎 줍는 여자」)의 노동에서 임경묵 시의 주체가 연상되는 것도 그 때문일지 모르겠다. 버려진 배춧잎을 한 잎 두 잎 주워다가 "찬물에 헹궈/비틀어 꼬옥 짜서" "어슷하게 썬 파 쪼가리와/다진 마늘 약간/묵은 된장 한 숟갈 휘휘 풀어/연탄불에 은근하게 한솥 배춧국을 끓여 놓는"(「배춧잎 줍는 여자」) 여자의 아름다운 노동은 임경묵의 시작 과정을 연상시킨다.

　　공주의료원 건너편 백제손해사정사무소는 각종 사고의
　손해액을 사정하고 수수료를 받는다
　　그러나 이것은 간판에 표시된 차림표일 뿐

실제 여기서 하는 일은
백제인의 손해를 사정하고
평가액을 계산해서
보상받는 방법을 알려 주는 거다
고객은 대개
공주, 부여 사람이다

지금부터 1300여 년 전, 당나라가 신라를 부추겨 백제에
전쟁을 걸어왔다
백제는 이 전쟁에 크게 져서
그 후 역사의 무대에서 사라졌고……
지금껏 백제에 대한 뒤처리와 보상이 지지부진했는데
다행히 백제손해사정사무소가
옛 도읍 주작대로 한편에 터를 잡고 유민을 상대로 손해
상담을 해 주기로 한 거다

가끔 부업으로
새로 생긴 우금치 터널 교통사고 상담을 해 주기도 하는
데
따지고 보면 이것도
백제의 손해를 사정해 주는 일
항상 백제인의 마음으로 일하는
백제손해사정사무소는

일요일과 국경일을 빼고 항상 문이 열려 있다
― 「백제손해사정사무소」 전문

　버려진 곳에 살고 있는 소외된 이들에 대한 임경묵 시의
관심은 이제 골목을 벗어나 역사적 유래를 지닌 장소로
향한다. "공주의료원 건너편"에 들어선 "백제손해사정사
무소"라는 장소가 주체의 시선을 사로잡은 까닭은 역사의
땅이었던 곳이 지금은 소외된 이들이 생을 부리는 장소가
된 것에 임경묵 시의 주체가 주목하고 있기 때문이다. "지
금부터 1300여 년 전" 나당연합군에 패해 "역사의 무대에
서 사라"진 백제는 이후에도 소외된 이들이 머무는 땅으
로 존재하다가 지금은 다국적 문화가 시작되는 곳이 되었
다. "각종 사고의 손해액을 사정하고 수수료를 받는" "백
제손해사정사무소"를 보면서 시의 주체는 문득 "실제 여기
서 하는 일은/백제인의 손해를 사정하고/평가액을 계산해
서/보상받는 방법을 알려 주는" 것은 아닐까 생각한다. 고
객이 대개 "공주, 부여 사람"인 것도 이런 터무니없는 상상
을 부추겼을 것이다.

　한때 융성하게 누렸던 백제 문화의 흔적이 많이 사라진
땅에서 임경묵의 시적 주체가 발견하는 것은 그곳에서 쓰
이기 시작하는 새로운 역사이다. 주변의 대도시에 밀려 여
전히 손해 보는 땅이 되어 버린 공주, 부여 등지에 다국
적 노동자들이 터를 잡기 시작하면서 다국적 문화의 역사

가 새롭게 쓰이고 있음에 임경묵의 시는 주목한다. 그것은 소외된 이들이 이 땅에서 만들어 가는 새로운 역사이기도 할 것이다.

**시인수첩 시인선 015**

체 게바라 치킨 집

ⓒ 임경묵, 2018

초판 1쇄 발행  2018년  8월 14일
초판 2쇄 발행  2018년 12월 21일

지은이 | 임경묵
발행인 | 강봉자·김은경

펴낸곳 | (주)문학수첩
주  소 | 경기도 파주시 회동길 192(문발동 513-10) 출판문화단지
전  화 | 031-955-4445(대표번호), 4500(편집부)
팩  스 | 031-955-4455
등  록 | 1991년 11월 27일 제16-482호

홈페이지 | www.moonhak.co.kr
블로그 | blog.naver.com/moonhak91
이메일 | moonhak@moonhak.co.kr

ISBN 978-89-8392-709-5  03810

「이 도서의 국립중앙도서관 출판예정도서목록(CIP)은 서지정보유통지원시스템
홈페이지(http://seoji.nl.go.kr)와 국가자료공동목록시스템(http://www.nl.go.kr/
kolisnet)에서 이용하실 수 있습니다.(CIP제어번호: CIP2018022067)」

이 책은 2011년 대산문화재단의 대산창작기금을 받았습니다.

* 파본은 구매처에서 바꾸어 드립니다.